ACTES NOIRS
série dirigée par Manuel Tricoteaux

Ouvrage publié
sous la direction de Nelly Bernard

CONTE D'EXPLOITATION

DU MÊME AUTEUR

LA FRACTURE ALGÉRIENNE, Calmann-Lévy, 1991.
L'HYPOTHÈSE DU DÉSERT, Gallimard, prix Gironde du premier roman, prix Alain-Fournier, prix Emmanuel-Roblès, prix Marguerite-Yourcenar, 1996.
LA VIE, LÀ-BAS, COMME LE COURS DE L'OUED, Gallimard, 1997.
LA PART BELLE, Gallimard, coll. “Frontières”, 1999.
BLUE MOON, Gallimard, 1998 ; “Folio”, 2000.
LES INNOCENTS, Gallimard, 2000.
LAGOS, LA TROPICALE, Garde-Temps, 2002.
DE CHAPE ET DE PLOMB, Gallimard, 2003 ; “Folio”, 2004.
THE DARK SIDE OF THE MOON, Actes Sud, 2004.
AIMÉ, Actes Sud, 2006.
L'INCONFORT DES ORDURES, Actes Sud, “Babel noir”, 2007.
LA CORPULENCE DU MONDE, Le Seuil, 2008.

ISBN 978-2-7427-9512-3

DOMINIQUE SIGAUD

Conte d'exploitation

roman

ACTES SUD

Merci, monsieur Y.

1

LUNDI NOIR

Lundi, *lunae dies*, jour de la lune et fin de la trêve de Dieu* ; nous savions donc à quoi nous en tenir, la trêve terminée, la guerre allait reprendre. Lundi n'était plus un recommencement ni le gage d'une renaissance, était-ce seulement encore un jour ou une obscurité, un point de passage aveugle, une meurtrière ; je l'ai su en tout cas quand l'alarme du portable a sonné, nous étions lundi, mes épaules sont retournées contre le matelas, mes mains renfouies sous l'oreiller, ma tête renfoncée, j'allais me rendormir, je ne tendais qu'à ça, mais l'alarme pas désactivée a resonné, la brutalité serait donc là d'emblée, *first lady* ; combien étions-nous à cet instant dans nos lits, repoussant impuissants l'idée de ce qui nous attendait, combien rejetant déjà les premières minutes d'une journée censée pourtant être rutilante de nouveauté, mais en vérité déjà rongée jusqu'aux os, élimée, lézardée. "Tu te lèves ?" a grogné Georges. "Pas question." "Tant pis pour toi, j'allume." "Non, attends… C'est bon."

Ainsi ai-je mis un pied dehors, capitulé dès la fin de la trêve, nié mon désir premier, écrasé ce que pourtant

* Nom donné au lundi à l'époque du Moyen Age.

voulait tout mon être : qu'on m'oublie ce lundi, qu'on me laisse tranquille, non pas une fois pour toutes, je n'en étais pas là, mais pour une heure ou dix, qu'on supprime les lundis, qu'on m'accorde de ne rien en savoir, j'ai mal au ventre, maman, et un peu à la tête aussi, tu ne penses pas que je devrais plutôt rester à la maison ? Rêve, ma fille.

Je me suis assise faute de mieux, *moderato cantabile*, pour afficher un reste de résistance au moins et que, malgré ce qu'on m'imposait, j'existais encore ; le brouillard était épais. J'ai regardé la chambre pour me souvenir, me repérer, ma main sur le lit, chien fidèle, attendant un ordre de ma part, et Georges vaguement. Combien étions-nous ? Quelques centaines de milliers au moins, embués, réfractaires. C'est cette image pourtant qui m'a sortie du lit, l'image de notre masse récalcitrante extirpée du sommeil, sommée de se rendre à l'évidence de son inconfort ; tout venait bien de là, n'est-ce pas : comment juguler l'inconfort de l'être ? Les milliards, bonus et salaires obscènes venaient de là aussi. Obscénité comme antidote à l'ontologique inconfort ; l'inégalité entre les nations, les peuples, les sexes, les âges et les classes se nichait sûrement là désormais plus que partout ailleurs : aux petits l'inconfort, aux gros le réconfort ; ma catégorie d'appartenance ne faisait aucun doute.

Pied à terre, position debout. Equilibre précaire. J'y suis je le sais, tout en moi tente pourtant une dernière fois d'y résister, voudrait tant le pouvoir, mais la position est ainsi, implacable, depuis que le premier d'entre nous s'est dressé sur les pattes arrière, tu seras un homme debout mon fils ou debout tu seras un homme mon fils, fin du primate mal débourré et irruption de l'embarras, notre reptilien cerveau en avait gardé la trace : passer d'allongé à debout signifiait toujours bien plus pour nous que pour toute autre créature, là se jouait notre condition, notre héroïsme autant que notre faiblesse, debout exposé mais grandi, obligé à la tenue ; les premiers pas pour moi, en tout cas, étaient essentiels.

A partir d'octobre, c'était dans des mules aussi chaudes que possible sinon mon pied criait à son tour au scandale, puis un peignoir sur le sans rien avec lequel je dormais, nouvel acte de civilisation ; à partir d'octobre j'avais tout intérêt, comment me tenir ainsi nue quand il fait si gris dehors ? Seul Georges aimait me voir surgir ainsi chaque matin, poser son premier regard sur une femme nue le consolait, disait-il ; enfin, j'écarte les rideaux. Rien à voir, inutile, rien n'émerge du dehors, mais je sais que le café programmé la veille m'attend, les bols préparés à l'avance ; je me refuse désormais à tout geste matériel inutile avant la première gorgée.

Lundi, cuisine. J'y ai multiplié depuis peu objets rouges et lampes, réconfort des petits, j'en ai besoin, je décore, j'accumule, les bols aussi ont été choisis avec soin, blancs, vastes et hauts : que quelque chose soutienne au moins mes premières minutes d'être debout. Odeur connue du moka, couleurs ; le monde reprend progressivement sa place, c'est très lent. Je lève le bol, ouvre la bouche, le liquide glisse sur mes lèvres, touche ma langue, c'est chaud, peu sucré, je ne suis pas encore tout à fait là. Le café est là à ma place. Je ne pose pas le bol entre les gorgées ; il existe un seuil dont j'ignore tout, jusqu'au moment où je pourrai enfin émerger. Un rapport cerveau-corps sans doute ; Georges vient d'entrer dans la pièce, verse l'eau dans la bouilloire, son thé dans l'infuseur. Nous n'avons encore rien dit.

Lundi, novembre, buée sur les vitres, muffins et beurre salé, jambon cru, café à nouveau ; radio, nouvelles. Le nouveau président est cité trois fois, par souci d'humanité, son gouvernement envisage de châtrer les violeurs récidivistes et renvoie les jeunes hommes étrangers dans leurs pays en guerre, les plus riches d'entre nous seront exemptés d'impôt, café, café, lundi n'est plus qu'une obligation, une contrainte ; nous avons notre nouveau directeur comme le pays a son nouveau président, peu de choses au demeurant les distinguent, les lundis sont devenus difficiles.

Nous n'étions plus ni braves ni sages mais l'avions-nous déjà été, ou n'était-ce que l'illusion d'avoir été meilleurs un jour ? La nostalgie était revenue, le regret peut-être. Nous aurions tant aimé pourtant nous aimer davantage. Radio, nouvelles. La femme de notre nouveau président avait participé à un concert en Amérique. Les journaux là-bas s'en étaient donné à cœur joie, concert mignon mais exsangue et figé, les nôtres n'auraient pas osé. Georges m'a fait remarquer que le frigidaire avait besoin d'être nettoyé, je n'ai pas relevé. Il m'a rappelé aussi que nous avions une invitée à dîner, j'avais oublié, craignait-il qu'elle n'ouvre le frigidaire ? C'est un lundi aussi qu'un Américain avait posé le premier pied humain sur la Lune, ils avaient choisi le jour exprès.

J'ai pensé à ce qui m'attendait.

Je me suis longuement douchée ; depuis peu j'utilisais aussi des gels douche très fruités. J'ai choisi un tailleur, des escarpins, boucles d'oreilles discrètes et rose à paupières. Illusion d'optique, tenue de combat.

*

Lunae dies dehors, peuple récalcitrant, métro, voitures, temps de novembre ; bureau. A nouveau un café au distributeur vital, indispensable, de l'étage, mais cappuccino. Retour à mon bureau, gobelet en main. Lecture du brief déposé avant mon arrivée pour la réunion de service obligatoire du lundi matin : affaires en cours et cadavres du week-end. Photos des visages et des corps. Avant, après. Une vingtaine de pages à la première heure, consignes du nouveau directeur. Chacun d'entre nous pouvait être interrogé à tout moment pendant la réunion, que l'affaire le concerne ou pas. Objectif : amorcer de nouvelles synergies, rehausser le potentiel de cohésion et favoriser la mutualisation des hypothèses de travail. Et si je trouvais que ça renforcait surtout la confusion dans les esprits et les horaires de travail, c'est que je n'avais pas encore intégré les réflexes dynamiques du management par la corrélation des efforts et l'interdépendance des hommes et des équipes.

Je venais d'aborder la page 5, en retard de quelques minutes sur le timing quand Plantin est arrivé sans s'annoncer devant mon bureau :

— Je sais, vous n'avez pas le temps.

— Je suis en retard.

— J'ai pensé quand même…

— Ça ne peut pas attendre ?

— Désolé. Graziela Perção, ça vous dit encore quelque chose ?

— Pas du tout.

— Graziela Perção, Belove Latortue, Justine Blanche*…

Relevé la tête.

* Voir *L'Inconfort des ordures*, "Babel noir", 2007.

— Elle est morte.
— Et alors ?
— L'endroit va pas vous plaire.
— Il est moins cinq, Plantin...
— D'accord. Elle était dans une poubelle...
— Tu veux dire... ?
— C'est pas fini. La poubelle était rue Edouard-Quénu.
— ... ?
— Devant la librairie.
— Plantin, on est lundi, il est moins deux...
— Regardez, ça sera plus simple.

Il pose deux photos devant moi. La première montre la librairie de Georges, je me suis souvenue que sa librairie était rue Edouard-Quénu ; devant le rideau de fer, un conteneur à ordures, couvercle relevé. Jusque-là, rien d'anormal. Quoique. Que fait la librairie de Georges sur mon bureau ? J'ai laissé Georges à la maison. C'est très éloigné du bureau. Mais, sur la deuxième photo, l'intérieur du conteneur : des ordures et, dessus, un corps nu. J'ai déjà vu ça. La dernière fois le corps était déjà dans la benne, les éboueurs avaient vidé le conteneur dans la benne avant de voir le corps. Mais les cheveux n'étaient pas blonds, j'en suis sûre. Une femme. Mais la forme entre les jambes. Un homme. Des seins ? Une femme ? Les yeux grands ouverts et très maquillés. A ce moment-là, je l'ai reconnue, comment aurais-je pu l'oublier ? Mais sa bouche était refermée sur quelque chose que je n'ai pas reconnu tout de suite. Que je me suis efforcée de ne pas reconnaître tout de suite. Que j'ai reconnu tout de suite. Qui expliquait le sang entre les jambes.

— Dans sa bouche, c'est...
— Une couille, patron.

J'ai regardé ma montre : il était quatre, la réunion avait donc commencé, notre nouveau directeur allait donc s'interrompre, "Un embouteillage, madame Partouche ?", "Vous devriez essayer les Vélib'" ; j'allais donc devoir m'excuser, ouvrir l'air de rien mon porte-documents et faire comme si je n'existais pas.

Alors j'ai repoussé les photos, balbutié "C'est très embêtant". Je me suis levée. Plantin a dit "J'ai quand même préféré, vous comprenez", il n'attendait pas de réponse. Il a récupéré ses photos, ajouté "Bon courage, patron". C'était gentil de sa part.

J'ai réalisé dans l'escalier que j'avais oublié le brief. Demi-tour, les couloirs heureusement étaient déserts, c'est bien devant la librairie de Georges qu'une poubelle contenant le corps de Graziela Perção avait été retrouvée. Fin définitive de l'hypothèse de Dieu. J'ai dû remonter les marches encore plus vite que la première fois, la réunion était largement entamée.

Mon entrée s'est passée comme prévu à un détail près : après les Vélib', Pucheu a dit "Je vous attendais pour continuer", tous les regards étaient tournés vers moi, j'ai donc dû esquisser mon sourire plus tôt que prévu.

Je me suis assise :

— Vous faites allusion à la poubelle rue Edouard-Quénu ?

Sun Tzu, *L'Art de la guerre*, chapitre 3, "La stratégie offensive" : "Je dis que si tu connais ton ennemi et si tu te connais, tu n'auras pas à craindre le résultat de cent batailles. Si tu te connais toi-même sans connaître ton ennemi, tes chances de victoires et de défaites seront égales. Si tu ne connais ni ton ennemi ni toi-même, tu perdras toutes les batailles." Cadeau de Victor pour mes quarante-neuf ans, "Je crois que tu devrais t'y mettre maman, il est temps que nous

nous y mettions tous" ; mon fils était sans doute possible ce que j'avais fait de mieux sur terre.

"Le narcissisme, madame Partouche, d'après ce que vous me dites de cet homme, le narcissisme est la clé de voûte" – merci la dernière séance chez Passante ; Pucheu a soulevé la paupière droite :

— Il s'agit bien de cela, madame Partouche, en effet.

Pucheu mettait un point d'honneur à ne m'appeler ni commissaire ni commandant. Narcissisme, mais version phallique ; certains de mes collègues autour de la table étaient ravis. Je l'ai néanmoins senti surpris : non seulement je venais de le prendre de court un lundi à la première heure, mais, pour posséder déjà une telle information, j'avais forcément quelques alliés au moins dans la maison.

J'ai ébauché un demi-sourire, je l'ai regardé. Bingo. Son viseur était déjà en place, ses yeux presque refermés, j'ai senti mes muscles se rétracter, j'étais exactement dans sa ligne de mire.

— J'en finis donc avec la présentation de ce dossier, à laquelle votre retard vous a empêchée d'assister. Le corps, disais-je en introduction, a donc été placé en évidence, et j'utilise là à dessein le sens britannique du mot contenant la notion de preuve [imperceptible coup de coude de Bonnel, heureusement assis à côté de moi], en évidence donc disais-je, sur une scène du crime incontestablement choisie pour sa portée symbolique puisque – navré, madame Partouche, mais l'information ne peut être passée sous silence –, il s'agit de la devanture d'une entreprise commerciale dont le propriétaire n'est autre que le conjoint du commissaire Partouche.

Voilà, c'était fait. Pucheu a vérifié la précision de son tir. J'ai passé la main sur mon front. Premier lundi de novembre ; nous n'étions plus satisfaits de nos guides incertains ni de nos pas aveuglément posés dans leurs sillons de glaise. Nos sangs impurs s'y mêlaient à la boue de nos lâches reculades. Enculades aussi peut-être.

Un silence a traversé la salle. Opaque, glissant. Silence des grandes manœuvres, des veilles de combat. Un instant, l'image de la table du Conseil des ministres m'a traversé l'esprit, princes attendant muets le verdict ou la trahison.

Pucheu a ébauché dans ma direction un relatif sourire :

— C'est bien cela, n'est-ce pas, il s'agit bien de la librairie de votre conjoint…

Certains par pure bonté gardaient le nez plongé dans leurs notes. D'autres me regardaient. Tous attendaient. Ainsi étaient désormais nos lundis, jours de curée, attendant que soit désigné le Judas, le coupable ou le pointé du doigt. *Le lundi au soleil, c'est une chose qu'on n'aura jamais, chaque fois c'est pareil, c'est quand on est derrière les carreaux, quand on travaille que le ciel est beau.*

— Les faits sont exacts.

Sun Tzu, chapitre 7 : "(…) il faut que vous soyez près lorsque l'ennemi vous croit bien loin ; que vous ayez un avantage réel lorsque l'ennemi croit vous avoir occasionné quelques pertes ; que vous soyez occupé de quelque utile travail lorsqu'il vous croit enseveli dans le repos, et que vous usiez de toute sorte de diligence lorsqu'il ne croit apercevoir dans vous que de la lenteur."

— Tout ceci est évidemment très ennuyeux.

J'ai enfin compris que Plantin s'était précipité dès qu'il avait vu la lumière dans mon bureau. Et, tout de suite après, que Georges allait être embarqué dans cette histoire et moi sans doute trempée jusqu'aux os. La seule façon d'évaluer l'étendue des dégâts était de savoir à qui Pucheu confiait l'affaire. Il s'est tourné vers Darnando. Le pire aurait donc lieu :

— Commandant, je souhaite que vous coordonniez l'enquête. J'insisterai en l'espèce pour que vous portiez une attention particulière à éviter que cette délicate affaire ne risque d'une manière ou d'une autre de peser négativement sur l'image de notre direction ; je n'aimerais pas que l'implication fortuite ou non de l'un de nos membres rejaillisse sur nos services, je vous fais confiance.

— Vous pouvez.

Darnando les mains jointes sur le menton, Darnando le bon camarade, le mouton, l'éternel suiveur, enfin reconnu pour l'excellence de ce qu'il était : un collaborateur, un mouchard, une taupe. J'étais servie.

— Madame Partouche, nous nous verrons dans mon bureau avec le commandant dès l'issue de la réunion. C'est je crois indispensable. Passons à l'affaire suivante.

Exit mules, muffins et bol accueillant. Sans Dieu, le monde gisait tout nu en bas de l'échelle. Nous n'étions plus ni forts ni braves. J'ai eu envie de me lever, laisser tout sur la table, rentrer chez moi, me recoucher et attendre demain. Tu serais mieux au lit, a insisté finaude la petite voix. Je pourrais aussi démissionner : Désolée, directeur, je n'ai plus rien à voir avec tout ça. Tu plaisantes, toi ? Incapable, a repris la voix. Et pourquoi pas ? Franchir enfin la porte, trouver l'issue de secours ; c'était sans doute la première fois que je l'envisageais avec autant de précision.

— Madame Partouche, vous vous chargerez de l'affaire, n'est-ce pas ?

Coup de pied cette fois, de Bonnel contre le mien. Ils étaient tous à nouveau en train de me regarder.

— Excusez-moi ?

— La peintre du 11e, disais-je, mais vous n'écoutiez peut-être pas, vous ferez ça très bien.

C'était vraisemblablement la partie du brief que l'intrusion de Plantin m'avait empêchée de lire. Avec l'ancien directeur, j'aurais répondu "C'est comme si c'était fait". "Une petite semaine vous suffira ?" Et l'autodérision nous aurait allégés une fois de plus de nos échecs passés et à venir. Mais Vrémont, chassé par l'âge et le nouveau ministre mis en place par notre nouveau président, s'était effacé l'œil humide et Pucheu avait pris sa place. "Je sais, directeur Pucheu, l'humanité qui sous-tend votre implacable gestion des hommes et des dossiers", avait-il glissé, roublard, dans son discours de passation des pouvoirs. Pucheu avait adoré. "Vous me flattez, directeur." Toasts au saumon et macarons aux pistaches sous les lambris de la salle de réception. Nous avions offert à Vrémont deux places VIP dans les loges de la Fenice, pour le concert d'hommage à Artur Rubinstein ; de Venise, le commissaire Umbrello s'était chargé du reste. Vrémont avait rosi jusqu'au parme. "Vous ne pouviez pas me faire plus plaisir." "C'était le but recherché, directeur."

Le sourire entravé de Pucheu assistant à la scène m'avait presque fait peine à voir. Pouvait-il seulement mesurer le gouffre qui le séparait de son prédécesseur ? Peut-être pas. Avant de partir, Vrémont m'avait dit en posant la main sur mon bras "Attention à vous, Régine, les temps ont changé". Et la deuxième main sur le deuxième bras, "Je compte sur vous". Etrange testament. Je n'avais pas mis longtemps à comprendre.

Je n'ai à peu près rien entendu de la suite et fin de la réunion, juste intercepté à temps l'inévitable question de principe sur les affaires en cours.

— Et concernant votre équipe, madame Partouche ?

— C'est en cours.

Il a heureusement laissé tomber la suite. La batterie de casseroles façon Krups qu'il m'avait déjà accrochée aux talons d'Achille devait suffire. L'hypothèse de ma démission a refait surface. Mais quelque chose m'a intriguée dans la note sur la peintre du 11e que j'étais en train de lire au cas où Pucheu déciderait de m'interroger dans son bureau. "La gorge broyée par la partie inférieure du cadre qu'elle était en train de peindre." J'ai aussitôt appuyé sur *rewind.* Le dîner à la maison hier soir. *Rewind.* Le catalogue d'exposition sur la table basse ; Victor le désignant, l'œil indubitablement réjoui par ce qu'il s'apprêtait à dire "… et tu sais quoi, cette peintre, elle est morte, elle vient de mourir, jackpot pour les héritiers, il faudrait que j'y pense, je publie, je meurs, ventes fois dix… non, c'est con". J'ai eu l'impression étrange qu'il avait parlé de la même personne.

Au bruit des chaises, j'ai compris que c'était enfin fini. Pucheu était tourné vers moi, Darnando aussi ; Jo et William Dalton, le petit méchant et le faiseur d'histoires. Quand je suis arrivée à sa hauteur, Darnando a dit "Ne croyez pas que tout cela me réjouisse". Sigmund Freud 1925, *Die Verneinung*, la dénégation comme processus défensif permettant d'énoncer un désir ou un sentiment tout en ne le reconnaissant pas – et surtout en disant le contraire. La matinée était un peu chargée.

*

Pucheu avait eu beau transformer l'ancien bureau de Vrémont du sol au plafond, design noir métal et verre fumé, en place des bois et cuir, l'opération n'avait réussi qu'à marquer davantage encore son abyssale impuissance à l'égaler. Le lieu était devenu glacial, méthodiquement exempt de la moindre épaisseur – ou bien c'est l'âge qui me rendait furieusement envieuse de l'absence tout aussi abyssale de scrupules et de doutes chez ce remarquable spécimen d'une nouvelle génération arrivée au pouvoir en 4x4 et les poches prêtes à se remplir, "Si tu vieillis si mal, maman, t'as qu'à t'inscrire au PC", m'avait proposé Victor plein d'affection. Vrémont, lui, m'avait conseillé les francs-maçons. Une sorte de pré-adieu plus confidentiel dans son bureau.

Il avait laissé son fauteuil de directeur sur le départ pour s'asseoir à mes côtés, c'était la première fois, et, presque paternel, m'avait appris son appartenance aux frères et proposé de m'adouber. "L'époque est à la régression commandant, n'oubliez pas les leçons de l'Histoire ; sans réseau, pas de résistance, nous en aurons peut-être bientôt tous besoin." Bien vu sans doute, mais pas fait pour moi, ma culture couscous-poisson-judéo-algérienne ; leurs réunions à huis clos et leurs rituels tarabiscotés. "Merci directeur, je suis touchée, mais pas pour moi ; ça manque d'air, vous voyez." "Vous êtes encore naïve, ma chère, mais si vous changez d'avis, n'hésitez pas, ma porte sera toujours ouverte."

J'avais éprouvé sur ma nuque ce jour-là, en franchissant la porte, le petit vent glacial des ères nouvelles ; j'ignorais pourtant ce qui m'attendait.

Pucheu nous a fait asseoir.

— Nous perdrons moins de temps si vous nous dites ce que vous savez des antécédents de cette affaire, madame Partouche, la victime ne vous est pas inconnue, n'est-ce pas ?

Darnando a ouvert son carnet, ce que je savais allait évidemment lui faciliter la tâche.

— La victime s'appelle Graziela Perção, travestie brésilienne. Elle nous avait aidés à résoudre l'affaire Justine Blanche*.

— Il, madame Partouche, le "il" dans ce cas me semble approprié.

— Elle mettait des jupes et du rouge à lèvres et tenait, je crois, à ce qu'on la considère comme une femme.

Bref toussotement.

— Les fondamentaux de cette précédente affaire ?

— Justine Blanche était une *escort girl* retrouvée il y a trois ans dans des circonstances similaires.

L'épaule de Pucheu a sursauté ; c'est la première fois que je le vois avoir son tic au repos.

— Même mode opératoire, dans un conteneur à ordures. J'étais chargée de l'enquête, que nous avons réussi à résoudre.

— Le meurtrier ?

— Il n'y en avait pas à proprement parler. Arrêt cardiaque. Son dernier client l'avait simplement déchargée là après l'avoir crue morte.

— Simplement ? madame Partouche…

— Je soulignais l'absence de meurtre.

— L'emplacement spécifique de ce nouveau conteneur semblerait insinuer que vous êtes visée…

Sun Tzu, page 34, jouer les imbéciles.

— Que voulez-vous dire ?

* Voir *L'Inconfort des ordures*, *op. cit.*

Sa voix montre pourtant déjà un peu d'impatience :

— Le conteneur était bien devant la librairie de votre conjoint, n'est-ce pas ?

— En eff…

— Vous n'avez pas fait le lien… ?

— J'ignore pour l'instant quel l…

— Pourrait-il selon vous s'agir d'un hasard ?

A chaque phrase, les yeux de Darnando se plissent davantage, il ne restera bientôt que la fente étroite d'une meurtrière.

— Je n'ai pas…

— Madame Partouche, un malheureux hasard aurait conduit le cadavre d'un individu impliqué dans une affaire dont vous aviez la charge devant une entreprise commerciale dont le hasard voudrait également qu'elle fût entre les mains de votre conjoint, c'est cela ?

Son épaule encore, mais là c'est normal, dès qu'il tente de juguler ses montées nerveuses.

— Nous allons devoir entendre votre époux, madame Partouche.

— Pardon ?

C'est venu tout seul, comme j'aurais dit "attendez…" ou "excusez-moi…", une simple pause, un rien du tout, mais, dans la poudrière où je me trouve, ce "pardon" est un soupçon de soupçon, voire, que dis-je, de contestation ; Pucheu n'en demandait pas tant.

— Procédure indispensable !

D'avance, je m'absous. "La colère, madame Partouche, a pour fonction vitale et principale d'écarter les murs lorsqu'ils deviennent par trop écrasants, c'est psychiquement fondamental. Un trésor." Merci Passante. D'avance, donc, je m'absous.

— Pensez-vous sérieusement que mon mari aurait quoi que ce soit à voir avec cette poubelle et ce qu'elle contient ?

— Procédure, madame Partouche, dois-je vous rappeler nos règles ? In-dis-pen-sa-ble !

— Vous plaisantez…

— Je vous conseille vivement… !

Le taureau est dans le champ, je suis en jupe, repli minimal.

— J'exige dans ce cas d'être présente.

— Aucun officier de police judiciaire dans une enquête dès lors que celle-ci le touche à titre personnel ! L'auriez-vous oublié ?!

David ? Goliath ? Lequel a le lance-pierre ? "Comme tout trésor, madame Partouche, la colère doit être rare."

— La simple correction, monsieur, exigerait que j'assiste à cette audition. Mais si vous préférez la procédure à la correction…

Pucheu se contre-fiche de ce que je peux raconter. Coup d'œil vers Darnando. La meurtrière de la taupe se rouvre :

— C'est en cours, directeur.

Pucheu sourit.

L'information atteint mon cerveau qui aussitôt la rejette, tente de la remiser, "message dénué de fondement", la récupère, la reprend à son compte, admet d'en étudier au moins la possibilité. En admet la possibilité, la considère après analyse comme vraisemblable et me la renvoie comme telle, accompagnée d'un message d'alerte. Darnando soutient mon regard, c'est extrêmement froid. Il vient de dire que la procédure d'audition de Georges était en cours comme si cette information n'avait rien d'anormal, de surprenant ni même de déplacé. Le jeu lui plaît. Il m'ignore, attend que je réagisse. Pucheu aussi. Mon cerveau débordé multiplie les messages d'alerte. Sun Tzu explique bien quand il faut savoir attendre. Repli. J'ai lu Sun Tzu.

— Simple procédure, je le répète, répète Pucheu les yeux baissés vers le bout ourlé de ses chaussures taillées dans la peau des tendres veaux italiens passés au cirage. Qu'auriez-vous à craindre d'une telle audition, ma chère… ?

A ce moment-là, je comprends. Le Georges convoqué n'est pas le conjoint du commissaire Partouche. Tout embarras de ma part serait interprété comme une appréhension, une inquiétude, voire un signe de faiblesse. C'est le jeu. Le piège. C'est sur moi qu'il est refermé. Contre-offensive. Repli tactique. Peur, moi ? Jamais.

— Je vous laisse juge de vos procédés.

— Et c'est bien ainsi précisément que je l'entends ; vous transmettrez sans attendre au commandant Darnando toute information qui pourrait l'éclairer sur d'éventuelles corrélations entre les deux affaires.

— M. Darnando peut se procurer le dossier Justine Blanche aux archives, il y est comme tous les aut…

— Vous m'avez bien entendu, je compte sur votre entière et rapide coopération. De son côté, cela va sans dire, le commandant Darnando prendra en compte le caractère particulier de cette affaire, n'est-ce pas ?…

Darnando sourit, la barre qui lui tient lieu de lèvres vient de faire l'objet d'une légère extension à ses extrémités.

— C'est tout pour l'instant, madame Partouche. Vous avez sûrement hâte de transmettre à votre équipe l'affaire du 11e.

Cela va sans dire.

Je me lève. Le dossier tombe de mes genoux, en se répandant sur la sombre moquette à fins carreaux bruns. Darnando n'a pas un geste. Ma jupe est étroite. J'ai dû filer mon collant. Ce premier lundi de novembre est un jour de gloire ; j'ai cinquante ans dans quinze jours, loi de Murphy.

*

J'ai posé mes mains très à plat sur mon bureau et je n'ai plus bougé ; ça a duré quelques secondes, j'ai rouvert le brief sur la peintre du 11e, je ne l'ai pas lu ; j'ai pris cinquante centimes dans ma boîte de monnaie. Un cappuccino chocolat au distributeur, mais, avant que j'aie eu le temps d'avaler la première gorgée, Plantin s'est signalé en toussant derrière moi.

J'ai dit "Merci d'être passé me prévenir avant la réunion". Je me suis assise, j'ai plongé mes lèvres dans le cappuccino, j'étais contente que Plantin soit là.

— C'est Claire qui m'a donné l'info ce matin, elle a pensé que vous deviez être au courant avant la réunion.

La "refonte des services" lancée par Pucheu à son arrivée avait au moins eu ce mérite. Sûrement un truc appris en management des potentiels humains. Séparer les équipes, casser les liens. D'autres chefs, un peu partout dans le pays, adoptaient le même principe. Finie la pêche aux moules, avait décrété l'un d'eux récemment, *exit* plaisir au travail et copinage, on n'est pas des copains mais des employés, on est là pour travailler, le travail est là pour rapporter de l'argent – et c'est pour ça que ces types avaient été triés sur le volet, cette assurance, ce savoir-faire : l'employé est un outil de production au service du capital, le capital est au service du capital.

Les chiens, eux, pissent dès qu'ils peuvent pour marquer leur territoire. Ici c'est chez moi, ici aussi, et là, et là aussi. Même méthode ou presque. Désormais chaque équipe portait l'odeur Pucheu. "Vos équipes trop confinées ont fini par former des sous-cultures agrégatives qui ont affecté le potentiel d'élaboration d'un dénominateur commun à l'ensemble du service", m'avait asséné ce grand crétin quand j'avais essayé, évidemment en vain, de stopper son entreprise de destruction – il avait quand même fallu que j'aille vérifier dans le dictionnaire, c'est bien ce que je pensais, agrégatif ne s'employait que pour parler des étudiants en agrégation – crétin total.

— Ces sous-cultures, comme vous dites, ont aussi permis de souder des équipes efficaces qui savent travailler ensemble et ont appris à être complémentaires.

— Ma décision est irrévocable, madame Partouche, j'entends moderniser cette institution.

Puisses-tu hériter d'un hôtel et mourir dans chaque chambre.

En vertu de la modernisation, mon équipe à l'exception de Plantin avait donc été dispersée – et Claire avait atterri chez Darnando, merci Pucheu.

— Qu'est-ce que vous allez faire ? a demandé Plantin.

— Finir mon cappuccino. Tu préviens l'équipe : dans un quart d'heure dans mon bureau pour l'affaire du 11e.

— Et le reste ?

— On verra à l'usage.

"On résiste rarement à un premier effort, comme, au contraire, on se relève difficilement quand on a d'abord eu le dessous." Sun Tzu, chapitre 6, "Du plein et du vide". "On ne peut pas toujours faire face, madame Partouche, et quand on ne peut pas, autant adopter le profil." Bas, cela va sans dire. Passante, séance du mois d'octobre.

Je suis allée finir mon cappuccino en lisant le brief du 11e. La mort remontait à samedi, comment Victor pouvait-il déjà savoir ça ? Sur les photos, un grand atelier entièrement longé de verrières au nord, des toiles partout contre les murs, adossées les unes aux autres, de grands pots de peinture partout aussi, d'autres de pinceaux, de feutres, deux ou trois tréteaux couverts de croquis, dans le coin un évier vieillot et un minuscule frigidaire, à l'opposé du matériel informatique dernier cri, écran d'ordinateur plat, noir, immense, matériel Mac évidemment, "Tu sauras, maman, que les professions réellement intellectuelles et artistiques n'utilisent le PC que contraintes et forcées".

De son vivant sans doute une fort belle femme, la cinquantaine peu entamée à en juger par les photos, grande, mince, pantalon de cuir noir, bottes noires à talons, longs cheveux noirs et col roulé noir. Le cliché de la mort montrait un cadre énorme barrant sa gorge ; son corps sur le parquet, bras écartés, le cadre sur la gorge. Une étrange scène, presque un tableau. Morte au milieu de la nuit, découverte par le locataire d'un atelier voisin.

J'ai quand même appelé la maison pour savoir s'ils avaient déjà contacté Georges mais ça n'a pas répondu, son portable était sur messagerie, j'ai dit "Rappelle-moi dès que tu peux", est-ce qu'ils avaient l'intention de l'interroger au bureau ? D'aller le voir à la maison ? est-ce qu'ils allaient entrer dans mon appartement en faisant comme s'il ne s'agissait pas de mon appartement ? En regardant partout parce qu'il s'agissait de mon appartement ? Si c'était arrivé avec Vrémont, il aurait sans doute dit "Je suis obligé d'entendre votre mari, impossible de faire autrement mais évidemment vous serez présente". Qui avait pu avoir cette idée insensée ? Pourquoi Graziela ? Pourquoi un lundi ?

Pourquoi pas en bas de notre immeuble si j'étais visée ? Pourquoi une couille dans la bouche ? La couille dans la bouche, c'est l'Algérie. Us et coutumes. Justine Blanche, de son vrai nom Soraya Nahlaf, était algérienne d'origine. Comme moi. Comme l'homme qui l'avait jetée à la poubelle. Et un cadre sur la gorge, qui pouvait avoir ce genre d'idée ? J'ai repris la fiche de la peintre, regardé deux fois sa date de naissance, ça faisait bien longtemps en fait qu'elle n'avait plus cinquante ans, j'ai regardé les photos de plus près. Pas maquillée ou presque. Pourquoi elle et pas moi ? Son corps était à l'autopsie. Si la poubelle me visait, pas question de démissionner, surtout si Darnando était aux commandes. J'ai essayé une nouvelle fois la maison et le portable de Georges. Est-ce que tout le monde dans l'équipe était déjà au courant ?

Il a suffi qu'ils entrent dans mon bureau pour que je sache. Tous au courant. Aux regards, au silence. D'accord. Position de faiblesse assurée. Ça avait dû faire le tour des couloirs dès la fin de la réunion, et j'en connaissais au moins deux dans l'équipe que ça devait réjouir. J'allais donc devoir en faire des tonnes pour récupérer mes fondamentaux : respect de ma fonction hiérarchique, mise en évidence de mon meilleur profil : Réactivité, Efficacité, Rapidité. Ma loi personnelle en cas de nécessité, RER. Tout le monde dans la même rame. Pas d'arrêt entre les stations.

J'ai fait comme si je n'étais au courant de rien, *no comment*, j'ai aligné sans respirer ou presque les quelques éléments qui nous avaient été transmis sur la peintre, nommé Plantin à la coordination de l'enquête, Pujol à l'atelier et au domicile, Klumps à l'enquête de voisinage : *exit* les deux sous-marins de Darnando. Lastanau restait sur place pour les listings téléphoniques et autres comptes à vérifier. J'ai juste ajouté :

— Je veux les premiers résultats ce soir.

Du Pucheu dans le texte. Personne n'a répondu. Pourquoi est-ce que Georges ne se manifestait pas ?

J'ai appelé Victor à la place, visiblement je le dérangeais.

— D'accord, chéri, j'en ai pas pour longtemps. Tu te souviens, hier soir, le catalogue d'exposition, tu m'a dit que la peintre était morte.

— Et alors ?

— Elle s'appelait Hortense Majera ?

— Tu as vu le catalogue, non ?

— Comment sais-tu qu'elle est morte ?

— Mais pourquoi tu me demandes ça ? Je bosse, maman.

— Navrée, il se trouve que je suis chargée de l'enquête.

— L'enquête ? Quelle enquête ?

— Dis-moi d'abord comment tu sais qu'elle est morte.

— Mais je sais pas, un pote a dû me le dire, oui, c'est Manuel.

— Quand ?

— Mais je sais pas, hier.

— Hier quand ?

— Excuse-moi, tu deviens lourde, là.

— Je travaille Victor...

— Ça va, je sais. Oui, monsieur le commissaire, je l'avoue, j'ai déjeuné chez des copains hier, est-ce que je vais aller en prison monsieur le commissaire ? C'est quoi cette histoire ? Elle s'est fait zigouiller ? Par un maniaque sexuel ?

— Tu la connaissais ?

— Un peu, vaguement, j'ai dû la voir trois ou quatre fois à des vernissages, j'aimais bien son boulot, c'est tout. Elle s'est fait zigouiller ou pas ? Tu peux me le dire, non ?

— Je sais pas encore. Et ton Manuel, il le savait comment ?

— J'en sais rien, quelqu'un a dû lui dire.

— OK. Désolée de t'avoir dérangé.

— Eh, le prends pas mal, tu veux que j'appelle Manuel ?

— Peut-être, je te dirai. C'est gentil de ta part.

— C'est tout, je peux m'y remettre ? Bisous maman, ton couscous était génial.

— Merci fils, à bientôt.

Il était déjà 11 heures. Onze heures de lundi. J'avais deux cadavres supplémentaires sur les bras, dont un à la maison ou presque. Plus deux rapports à compléter avant la fin de la journée. Un pour boucler l'affaire de la quadragénaire repêchée dans la Seine, que nous avait confiée le parquet pour déterminer les causes de la mort. Elles étaient déterminées. Suicide par noyade un samedi matin, *sambati dies*, "jour du sabbat". En hébreu, ils disaient jour "de l'abstention". Elle s'était définitivement abstenue à juste titre un samedi et personne n'était passé par là, pour l'en empêcher ; le monde entier s'était abstenu ; affaire classée. Le second dossier l'était aussi mais pour des raisons exactement inverses. Impossible de dire si le corps calciné du jeune Sri-Lankais retrouvé dans un studio rue Gallieni était ou non d'origine criminelle. Tous les habitants de l'immeuble avaient pu s'échapper à temps, sauf lui. Est-ce que son studio avait été brûlé pour couvrir sa mort ? Hypothèse toujours invérifiée après six mois d'enquête. Rangé dans les sans suite en attendant mieux.

Pucheu, à peine arrivé, avait évidemment renforcé nos objectifs : taux d'élucidation attendu en forte hausse, effectifs en baisse, mais là aussi c'était pour s'aligner sur la nouvelle philosophie du travail : exiger l'impossible et ne pas manquer d'afficher sa déception en cas d'échec, ne pas oublier non plus de manier une bonne et saine culpabilisation, "comment, je ne comprends pas, je vous croyais pourtant à la hauteur, etc.". Sur un air de pêche aux moules, évidemment. Je savais néanmoins que la mort d'un jeune porteur de cagettes sri-lankais sans famille ne dépassait pas la magnitude de moins 2 (microtremblement de terre, non ressenti) sur son échelle de Richter. Il s'arrangerait pour ne pas voir notre échec, voire même le classer dans la rubrique "affaires résolues". Lui aussi avait des comptes à rendre, des objectifs et des quotas, une fois par semaine chez le ministre qui lui-même, objectifs et quotas, deux fois par semaine chez le président.

Restaient deux dossiers en cours. Pour le premier, j'attendais des Anglais les éléments de leur fichier génétique pour le comparer aux débris de peau trouvés sous les ongles de la jeune femme baignant dans son sang et une baignoire du très select *Hôtel Monjour* de Saint-Germain-des-Prés. L'amant britannique était introuvable, mais Sherlock Holmes m'avait promis des informations avant la fin de la semaine. Europe des polices, échanges des fichiers. Pucheu m'avait offert dix-huit heures de formation supplémentaire en Shakespearelang, "La mondialisation est également notre affaire, madame Partouche, c'est aussi une affaire de modernisation". Quant au second, nous tournions encore en rond pour l'instant. Un autre cadavre de femme, Pucheu devait me penser plus adaptée. Lardée de coups de couteau dans un parc de banlieue. Personne n'avait rien vu. Personne n'avait rien entendu. Personne ne savait rien d'elle. Personne ne la voyait jamais sortir de chez elle ni y rentrer. Elle faisait pute au téléphone. Sans mari ni enfant. Peut-être ne sortait-elle que la nuit, c'est la nuit qu'elle avait été tuée dans le parc, quelques brins d'herbe en gardaient la trace. A peine 1 sur l'échelle de Pucheu.

*

J'avais évidemment oublié qu'elle venait dîner à la maison. Georges avait laissé toute la journée son portable sur messagerie et la maison sur répondeur. Ou c'était mauvais signe. Ou c'était pour nous protéger. Ne pas en rajouter. Vertu du silence. Art de la sobriété. Je suis donc arrivée beaucoup trop tard pour accueillir son invitée ; ils étaient déjà à table.

Au lieu de jeter mon manteau sur le premier fauteuil venu, en disant "Donc tu n'es pas en garde à vue ?", j'ai vu Georges lever son verre vers elle, j'ai vu sa peau très blanche et le roux de ses cheveux, sa main sur son verre levé près de la main de Georges, le vert parfait de son chemisier décolleté, la matière parfaite de sa peau dans le décolleté vert de son chemisier et l'ébauche de sa poitrine généreuse et blanche à forts grains de beauté. Je me suis contentée de poser mon manteau et j'ai dit "J'arrive trop tard ?". Aucune réponse. "J'ai oublié le dîner, je suis désolée." Toujours rien. J'ai répété "J'arrive trop tard ?" mais ils se sont à peine tournés vers moi ; j'ai marché comme une automate jusqu'à la table, j'ai vu la bougie allumée, le saumon entamé dans le plat, mon assiette vide, très blanche, très vide.

Georges s'est un peu avancé pour m'embrasser quand je me suis assise, à peine un baiser furtif :

— Je te présente Emeline Caligar.

Georges avait pourtant pour habitude et loi d'airain de ne jamais mêler les écrivains à notre vie privée. "Ils ont le narcissisme trop débordant pour la plupart, avec eux, c'est tout ou rien ; pas question qu'ils empiètent sur la maison, ils seraient capables de l'engloutir." Seuls Pierre Robert et Maurice Lortmann y étaient autorisés, mais, avec eux, le lien datait de vingt ans, "C'est différent, on s'est vus naître". Alors, qu'est-ce qu'elle faisait là ?

Elle s'est un peu tournée vers moi et a dit "Enchantée" ; heureusement, j'ai vu qu'elle se rongeait les ongles.

— Vous disiez, Emeline ?

Je me suis servie sans rien dire, puisque Georges ne voulait pas interrompre leur conversation. De vin d'abord puisque Georges ne l'a pas fait. De saumon ensuite, de vin à nouveau.

— C'était extraordinaire, cette pauvre fille multipliait les dénégations, "Ce n'est pas que je sois contre ton projet, au contraire. Ne crois pas que j'aie agi pardessous la jambe ou que je l'ai pris à la légère..."

— L'éditrice d'Emeline vient de lui refuser un projet auquel Jancour, le patron, avait pourtant donné son accord.

Merci de me faire participer, Georges.

— J'ai évidemment insisté sur le fait que Jancour avait pourtant accepté très clairement.

— Et alors ?

— Elle m'a dit que son rôle était de le conseiller, qu'il s'était sans doute emballé un peu vite sur le projet sans en mesurer toutes les conséquences...

— Elle l'a fait revenir sur sa décision, c'est ça, votre propre éditrice a plaidé contre un projet pour lequel vous aviez obtenu le feu vert de Jancour ?

— C'est ça. Je n'en croyais pas mes oreilles et, surtout, je n'arrivais pas à comprendre ses vraies raisons.

Alors j'ai insisté encore et encore, et elle a fini par me donner son argument définitif. Tenez-vous bien. Elle m'a dit textuellement, "Tu comprends, j'ai des comptes d'exploitation à respecter".

— Des quoi ?

Georges rit. C'est le rire de Georges. Je suis troublée.

— Oui, des comptes d'exploitation. J'étais estomaquée. Bon, c'est vrai, on leur demande peut-être des comptes, ce que le livre a coûté, ce qu'il rapporte, je n'en sais rien, c'est la première fois que j'entendais ça. En fait, je crois surtout qu'elle ne voulait pas avoir à s'occuper de ce projet, il était trop compliqué pour elle, allait lui prendre trop de temps... Alors elle a sorti cet argument. Je présume que, pour les gens comme elle, il fait partie des nouvelles Tables de la Loi, une sorte d'invocation divine, quelque chose qu'on utilise en dernier recours, quand on n'a rien à dire, et devant lequel tout le monde est censé s'incliner. C'est d'ailleurs ce qui s'est passé. Ça m'a cloué le bec. Ça doit être comme ça aussi quand ils veulent licencier quelqu'un sans véritable raison, ou fermer une usine, ou l'envoyer en Chine. Compte d'exploitation. Et hop. Baguette magique.

J'ai posé ma fourchette :

— C'est drôle ce que vous dites, c'est curieux, je n'avais jamais vraiment fait attention ; dans compte d'exploitation, il y a exploitation, n'est-ce pas ?...

Georges a levé les yeux vers moi :

— Qu'est-ce que tu veux dire ?

— Exploitation, exploiter les gens, dans compte d'exploitation, il y a ça aussi, non ? je galèje ?

Il a eu son grand sourire, a pris son verre et l'a levé vers moi :

— Je t'adore.

Il avait l'air sincère.

Emeline Caligar m'a regardée, puis Georges. Alors à mon tour je l'ai bien regardée, puis Georges. Comment est-ce que j'avais pu imaginer un tel scénario ? Comment avais-je seulement osé ? J'étais si fatiguée que ça ? Si travaillée par la date fatidique du cinquantenaire ? Au trou la vieille, place aux jeunes ? Mais j'ai pu enfin poser mon verre et avouer à Georges que son saumon était cuit à la perfection, j'ai pu poser mon lundi noir, mon Pucheu, ma frustration, dire que la journée avait été épouvantable, que mon verre était vide à nouveau et ma soif immense, que j'avais envisagé ma démission plusieurs fois dans la journée et que je n'en pouvais plus de ces gens, le public ne se rend vraiment pas compte, 36, quai des Orfèvres mon cul, tout ça c'est de la poudre aux yeux pour que les péquins dorment tranquilles, c'est peu de dire que la régression est à l'ordre du jour, vraiment peu de le dire. Emeline Caligar me regardait ébahie, j'ai vu qu'elle n'était ni si belle ni si fraîche ni si rousse ni si jeune, je ne comprenais toujours pas ce qu'elle faisait là, mais j'ai laissé, "Envisager le pire peut parfois sembler une solution raisonnable, madame Partouche, une façon de s'y préparer, mais il arrive aussi que ce soit une façon de le préparer, alors qu'il aurait pu n'avoir jamais lieu ; le pire n'est jamais sûr, madame Partouche". Merci Passante. L'air recommençait à passer entre mes poumons et ma gorge, j'ai passé très vite ma main sur celle de Georges et dit à son invitée :

— Pardon pour la diatribe, je vous ai interrompue.

— Non, non, vous avez bien fait, Georges m'a dit en effet que vous étiez commissaire, à vrai dire je ne les imaginais pas tout à fait comme ça mais non, vous avez bien fait [menteuse, pourquoi dis-tu non alors ?], au contraire, j'aime bien ; compte d'exploitation, c'est tout à fait ça. Et si on écrit compte avec un *c*, un *o*, un *n*, un *t* et un *e* ? Ça ne vous ennuie pas si je vous vole l'idée ?

— Faites, c'est vous qui l'avez trouvée.

A minuit, elle est partie, la mousse au chocolat de Georges était exquise. “Vous avez de la chance madame Partouche”, je sais, bas les pattes ; c'est moi qui l'ai raccompagnée à la porte, j'ai entendu ses talons dans l'escalier, Georges était en train de remplir deux verres.

— Alors, tu as vu mes collègues ?

Il a souri :

— Gratiné... Maintenant, je sais de quoi tu parles.

Besson s'était annoncé à l'interphone de l'immeuble un quart d'heure après mon départ.

— Il a fait ça comment ?

— Monsieur Langevin, police judiciaire, ouvrez s'il vous plaît. J'ai évidemment craint le pire à ton sujet, un accident, quelque chose. Penses-tu. Ce type-là regarde trop de films. Il n'a pas voulu s'asseoir ; quand j'ai demandé si tu avais un problème, il a répondu “Je n'en sais rien encore”. Mielleux à souhait, faussement courtois. Il m'a tout de suite parlé de la poubelle devant la librairie, du travesti que tu connaissais, il a déballé ses questions avec son petit carnet à la main : où j'étais cette nuit, si je connaissais le travesti, si c'était l'emplacement habituel du conteneur, si j'étais ton mari, si j'étais au courant de tes enquêtes, si je voyais qui pouvait m'en vouloir, vous avez des ennemis, monsieur Langevin ? Reçu des menaces de qui que ce soit ? Votre épouse a-t-elle de son côté évoqué ce genre de choses devant vous ? Je n'arrêtais pas de penser aux cochons truffiers rendus fous par l'odeur de ce qu'ils vont se mettre sous la dent ; en tout cas, j'ai bien pensé à toi. J'ai cru que j'allais pouvoir m'en débarrasser en disant que je devais aller au plus vite à la librairie, penses-tu, “Le périmètre est circonscrit, monsieur Langevin”. Je lui ai rappelé qu'il s'agissait d'un commerce, que j'avais des employés, des clients, “Nous verrons ce que nous pouvons faire monsieur Langevin mais je ne crois pas que pour l'instant”. Là, je me suis un peu énervé, j'ai demandé s'il avait l'intention de m'interdire d'y aller. Visiblement, il ne s'y attendait pas. Je présume que, dans ce genre de cas, personne n'ose rien dire. Il a répondu qu'il devait en référer, que ça ne poserait peut-être pas de problème ; en partant il a ajouté qu'on aurait sans doute encore besoin de m'entendre.

— Qu'est-ce que tu as fait ?

— J'ai filé à la librairie. C'était comme je l'avais imaginé. Cordon de sécurité, flics, bagnoles. Il a fallu que je parlemente un temps infini pour qu'ils acceptent de déplacer le conteneur de deux mètres, histoire qu'il ne soit plus devant le rideau de fer. Heureusement que c'est arrivé un lundi. J'ai pu prévenir Romain et Lucie, j'ai décidé de ne pas ouvrir de la journée. Ils ont voulu vérifier aussi si quelque chose avait bougé dans la librairie. Evidemment que non. Et puis le chef est arrivé.

— Darnando ?

— C'est ça.

— Darnando s'est déplacé en personne !

— Il a recommencé. Les mêmes questions. Le même œil soupçonneux. Heureusement que je n'avais rien à me reprocher. J'imagine les pauvres gens pris là-dedans. C'est fou comme on se sent coupable. J'ai fini par lui dire que c'était ridicule, que la seule chose dangereuse dans cette boutique, c'étaient des livres sur des étagères. Il s'en fichait complètement. Il m'a dit mot pour mot “Si vous n'êtes pas concerné, votre épouse pourrait l'être”. J'ai dit “La dangereuse madame Partouche ?”. Mais j'ai fini par laisser tomber, ça ne servait à rien ; je me suis dit que, de toute façon, tu en saurais plus que moi et que le mieux était de te laisser tranquille.

Alors j'ai raconté à mon tour. Il n'y avait pas grand-chose à raconter.

A une heure et demie, je ne dormais toujours pas. Georges ronflait comme une vieille barcasse. Je suis retournée dans le salon. Je me suis allongée dans le noir. J'ai attendu. Je me suis souvenue de l'entrée de Graziela dans mon bureau il y a trois ans, étrangement blonde platinée et col à fourrure rose comme sur les yeux et les joues, bracelets brésiliens et sac panthère, du moment où, à son sourire, j'avais compris qu'elle était un homme. J'ai repensé à la couille dans sa bouche. Alger. Non, je l'avais dit à Passante, Alger c'est fini, les cauchemars d'Alger c'est fini, plus le moindre depuis deux ans. A Passante en fait, je n'avais pas dit deux ans. Si je l'avais fait, elle m'aurait interrompue : "Deux ans ?" A vrai dire, c'était trois. Ça faisait trois ans exactement que je ne me réveillais plus en sursaut parce que la bombe avait explosé juste en bas de chez nous à Alger en brisant la vitre de la cuisine et ma mère terrifiée, sa main sur mes yeux et tout son corps courbé sur le mien pour me protéger sans doute.

Je me suis rassise sur le canapé en pleine obscurité à l'exception de la vague lueur froide un peu plus loin du dernier lampadaire de la rue. J'avais bouclé l'affaire Justine Blanche il y a trois ans. C'était il y a trois ans que Saïd Amrouche était venu se dénoncer d'une mort qu'il avait facilitée sans la commettre, en déposant Justine encore vivante dans un conteneur à ordures de la rue Sainte-Anne, alors qu'il la croyait morte. Je ne faisais plus de cauchemars depuis que j'avais procédé dans mon bureau à l'interrogatoire de cet homme algérien qui avait fini par admettre sa responsabilité. Je ne faisais plus de cauchemars parce que j'avais fini par trouver l'Algérien responsable de la mort de cette jeune femme morte trop tôt alors que personne n'avait jamais pu me dire qui était responsable de la mort de Mme Boutraf à cause de la bombe placée juste en bas de chez nous dans la rue en 1961. Résolution symbolique du deuil et de l'effroi.

Alors qui me visait, cette fois ?

Il était deux heures et demie, mon réveil sonnait dans moins de cinq heures. Je me suis promis de reprendre la liste de tous ceux que j'avais entendus dans l'affaire Justine Blanche pour comprendre qui avait mis cette poubelle là, que l'enquête me soit confiée ou pas – surtout si l'enquête ne m'était pas confiée. A Alger autrefois, je n'avais rien pu faire, traumatisme fondateur. A Alger autrefois, on plaçait déjà les couilles de ses ennemis dans la bouche de leur cadavre. Basta. *Khalas.* Je me suis endormie presque aussitôt. J'ai rêvé que je volais, sensation d'autant plus exquise que c'était dans le bureau de Pucheu ; je le voyais d'en haut, il ne pouvait rien faire, j'étais inatteignable.

2
BOULEVARD D'ORNANO

Mardi, jour de Mars, dieu de la Guerre, dit également "le brave" et "celui qui avance à grands pas" ; le réveil n'en a pas moins été plus difficile encore que la veille, la lumière dehors plus blafarde et inexistante, ne serions-nous pas à Paris en novembre ? Tu l'as voulu tu l'as eu, tu n'avais qu'à t'installer à Marseille – ville de Mars ? J'ai opté pour mon Sun Tzu personnel : double ration de café et muffins, œufs de poisson, vitamine C ; ça irait comme ça. La soirée avec Georges m'avait fait du bien, mon rêve m'avait fait du bien.

Je n'ai regardé personne dans le métro, la rue, ni l'escalier, personne jusqu'à mon bureau dont je suis ressortie trois secondes plus tard. Monnaie, distributeur, gobelet, cappuccino. Ordre de bataille, formez vos bataillons, etc.

J'ai demandé à Plantin de me rejoindre, il a cru que c'était pour l'affaire du 11e – complètement oublié que j'avais exigé des résultats la veille, pas lui visiblement. "De toute façon, avec cette équipe de guignols, c'est comme si on n'avait rien fait." Je n'ai pas relevé, il a commencé son compte rendu, s'est arrêté :

— Ça a l'air de vous passionner…

Inutile de répondre. A la place, je lui ai demandé s'il avait encore son bloc-note sur Justine ; évidemment,

Plantin conservait tout dans une caisse, chaque bloc-note depuis le début. Ses fétiches. Ses gris-gris.

— Je voudrais le nom de tous ceux qu'on a pu interroger pour l'enquête.

— Sans avoir à demander la caisse aux archives, c'est ça ?

Pas besoin de répondre non plus.

— Et je présume que c'est plus urgent que la peintre du 11e...

— Vu son état, elle peut attendre.

— Et si Pucheu demande où on est ?

— Tu te débrouilleras.

— Merci du cadeau...

— De rien, à charge de revanche.

— C'est déjà fait.

Allusion au pathétique entretien d'évaluation, autre nouveauté récente de notre nouveau directeur, au cours duquel il nous interrogeait l'un après l'autre et séparément, notait tout, commentait, rodomontait si nécessaire, pour au final attribuer ses fameuses notes au mérite, à l'assiduité, la productivité, l'efficacité, l'esprit d'équipe, d'initiative, d'ambition et de compétence, et définir en conclusion ses non moins fameux objectifs dits de qualité, censés nous tenir en haleine jusqu'au trimestre suivant.

Certes, passer au tamis de Pucheu n'était pas grand-chose pour ceux qui partageaient sa vision du monde, et elle était finalement assez simple – et plurimillénaire : aucun commentaire du chef et de ses ordres, quels que soient par ailleurs et les ordres et le chef, application du principe PPP : Pas de pensée, Pas de doute, Pas d'interrogation ; les quelques procès de nazis après-guerre avaient spectaculairement prouvé l'importance et symbolique et numérique de cette exquise philosophie dans notre bel Occident : "je n'y étais pour rien", "je ne savais rien", "je n'ai fait qu'obéir aux ordres", répétaient-ils, et ils étaient pour la plupart élargis. Bien sûr, la police française ne servait plus à rafler les juifs, les communistes ni les résistants, bien sûr tout amalgame aurait été infamant, injustifié et diffamatoire, mais le principe était resté chez certains. Et Pucheu, figure type d'une nouvelle génération issue des meilleures écoles de management, affectueusement nommé par Victor les malins-je-mens, était de ceux qui voulaient restaurer le PPP dans nos rangs. Pucheu était régi par une image type de l'officier de police type, une sorte d'être fait par et pour la loi – de ses supérieurs d'abord –, ordonné, rigoureux, rigide si nécessaire, voire sourcilleux, implacable quant à la tenue de ses rapports, ses enquêtes, ses preuves, son bureau et le respect de ses obligations légales, sauf si nécessaire et si le suspect appartenait à cette délinquance sous-diplômée et/ou de carnation hâlée que notre nouveau président avait promis de passer au nettoyage industriel. Bref, Pucheu aimait les techniciens de l'ordre et tout ne pouvait que l'opposer à Plantin, ses pantalons de velours côtelé paysan et ses chemises canadiennes en pilou, son embonpoint bourguignon et ses rires de temps à autre sans retenue ; sa discrétion même parfois. A côté de lui, les pantalons étroits aux chevilles de costume noir et chemises parme (trop) près du corps de notre nouveau directeur, ses cheveux gelés, sa figure sûrement crémée, son iPhone dernier cri et ses chaussettes elles-mêmes parme mais à pois le faisaient ressembler à une fleur en plastique pour faux restaurant branché, murs noirs et fauteuils gris. L'existence même de Maxime contredisait Pucheu, en montrait la vacuité, le faux self et la fausse cordialité.

Maxime mettait un point d'honneur à éviter tout conflit avec lui, et c'est peut-être ce qui l'exaspérait le plus. Un conflit lui aurait permis de montrer au moins son autorité de chef, et sur ce point son assurance était impressionnante. Et Maxime, pourtant habitué à affronter les meurtriers les plus tenaces et manipulateurs, n'en savait curieusement pas assez sur cette autre facette sans doute la plus sombre de l'assassinat : le meurtre symbolique. La mise à mort y était bien plus retorse encore que dans le trivial passage à l'acte et, dans ce domaine, Pucheu était remarquable ; ses fausses phrases avaient l'air vraies, ses jugements infondés adossés à d'authentiques valeurs personnelles et sa haine déguisée en empathie. Difficile d'y résister. De le contredire. Voire de le démasquer.

Le jour de son évaluation, Maxime était donc tombé dans le piège les quatre fers en l'air. Les pernicieuses questions de Pucheu avaient fini par avoir raison de lui, ses remarques sur tel élément d'une enquête qu'il n'avait pas su voir, tel retard dans une procédure et ce rapport n'est-il pas curieusement rédigé, n'auriez-vous pas dû prolonger davantage cette garde à vue, que je sache les nouvelles consignes en matière de sécurité publique sont tout à fait claires, tolérance zéro, n'avez-vous pas eu le sentiment de faire preuve d'une insuffisante vigilance ?

Maxime n'avait pas réussi à cacher son agacement jusqu'au bout, il avait même fini par s'énerver. Exactement ce que voulait Pucheu. "Je me permets de vous rappeler à vos obligations de respect de la hiérarchie" ; "Je ne crois pas, monsieur Plantin, que vos états de service vous placent au-dessus du commun des mortels", etc. Sa note, du coup, l'avait placé dans le peloton de queue, celui des indigents, des non-proposés à l'augmentation personnelle au mérite ni à la promotion. Il en était sorti fou de rage et m'avait informée dans la foulée de son désir d'être muté :

— Tours, Clermont-Ferrand, je m'en contre-fiche. Trouvez-moi un placard, n'importe lequel.

— Tours me paraît tout à fait conseillé, j'ai justement ici un magnifique document sur le commissariat.

Je n'avais eu qu'à cliquer sur mon dossier doc-perso, "Tu déconnes maman tu dois crypter ces trucs-là si tu ne veux pas te faire gauler", "Oui fils, je m'en occuperai". Reclic sur "Tours" : "Déjà pointées du doigt après le suicide d'un policier, les méthodes de management d'un chef de service sont mises en cause par le syndicat Synergie… Après plusieurs semaines d'attente, le rapport de la mission d'écoute et de conseil diligentée par le préfet à la suite du suicide d'un policier au commissariat de Tours était rendu. Pour les syndicats de police, c'était la déception, les organisations ayant toutes pointées *(sic)* du doigt les méthodes de management de la hiérarchie du commissariat. Rappelons que, le 13 janvier 2008, un jeune sous-brigadier s'était donné la mort avec son arme de service, dans les vestiaires du commissariat. Un autre policier s'était donné la mort chez lui quelques mois plus tôt et une autre tentative de suicide avait été également recensée. A l'époque, déjà, les organisations syndicales avaient dénoncé les méthodes de management du chef de service. «Il a instauré une ambiance délétère, ajoute Thierry S., du syndicat, il infantilise ses hommes, les insulte avec un langage qui n'est pas admissible de la part d'un commissaire et ce, en public. Il menace les gens de les changer de poste.» Selon le syndicat, il y aurait même «plusieurs policiers grandement fragilisés» dans le service. Le syndicat – qui craint de graves dépressions – avait donc décidé de saisir de ce problème le préfet de région."

— Tours ne me semble pas très conseillé… Pucheu serait ravi de te voir partir. Il fera vraisemblablement la même chose avec tous ceux qui ne vont pas dans son sens. Vrémont avait raison, sans réseau, pas de résistance… inscris-toi dans une loge…

— Vous rigolez…

— Pas du tout, c'est plein de commissaires et d'officiers de police.

— Et vous ?

— Je peux pas, c'est ethnique.

— Ethique ?

— Tu as très bien entendu.

— C'est contre votre religion ?

— C'est ça, ils savent pas faire le couscous poisson et ne parlons même pas de la dafina.

— C'est pas ce que je voulais dire…

— Inscris-toi au moins au syndicat…

— Je sais, Blancard me tanne pour que je prenne ma carte. Tout ça pour ne pas vous retrouver seule avec ce fou furieux ?

— Tu as tout compris.

J'avais quand même demandé rendez-vous le jour même à Pucheu comme le règlement intérieur m'y autorisait encore, pour plaider la cause de mon équipier. Pucheu avait adoré me voir le caresser dans le sens du poil pour sauver ce qui pouvait encore l'être.

— J'entends commandant [tiens donc], j'entends. Je verrai si je peux assouplir ma conclusion évaluative.

Mais comment donc… J'en avais été quitte pour vingt longues minutes de plus sur la modernisation du concept d'équipe vu comme un tout dynamique au sein duquel les divergences sont comme une fêlure vous comprenez, et l'équipe est un corps, et les cicatrices, et bla tout va très bien, et bla madame la marquise et bla mort de la jument grise. Quand il avait arrêté de remuer les lèvres, je m'étais levée, j'avais souri, tendu la main, "Merci, directeur".

*

Moins de dix minutes plus tard, Plantin, qui n'était donc heureusement jamais parti à Tours, m'a apporté la liste des témoins et suspects de l'affaire Justine Blanche. Les photos n'y étaient pas mais je n'en ai pas eu besoin, les noms ont suffi ; à l'instant les visages me sont revenus. Celui de Marc Blandin, premier amant officiel de Justine, il l'avait installée dans un studio à Marseille ; ex-étoile montante des tentatives de rénovation de la droite marseillaise, réduit en cendres par ses chefs pour une sombre histoire de trafic immobilier ; deux ans de prison, aujourd'hui directeur d'une entreprise pharmaceutique lyonnaise où je l'avais rencontré. Les deux suivants, marseillais aussi, avaient parfois fréquenté le studio et Justine : Patrice de Marin, sorti du même établissement scolaire pour fils à papa que Blandin et qui louait des yachts sur le Vieux-Port. Dominique Simoni, qui dirigeait les services financiers de la mairie quand Blandin y travaillait. Que du beau monde. Le quatrième était Marc-Alain Baffart, secrétaire d'Etat au Commerce extérieur à l'époque de l'enquête, ami de Blandin, membre du même parti ; il avait récupéré Justine à sa demande quand ses affaires avaient mal tourné, lui avait trouvé un appartement à Paris, avait lui aussi profité de ses qualités professionnelles. J'avais gardé un souvenir cuisant de notre rencontre : il était alors au pouvoir – et je n'avais pas été à la hauteur. Maxime avait ajouté le nom de Belove Latortue, collègue de Justine chez qui cette dernière se réfugiait parfois. Et

Graziela Perção. Toutes les deux m'avaient aidée après la mort de Justine. C'est Belove Latortue qui m'avait mise en contact avec Graziela. Elle se trouvait donc à la croisée des deux affaires. C'est donc par elle que je devais (re)commencer.

Plantin avait évidemment son numéro, mais, au moment où j'allais le composer, Claire est entrée dans mon bureau, je ne l'ai pas entendue frapper.

— Je vous dérange ? Désolée, je suis chargée par Darnando de faire un nouveau point avec vous sur les éléments de l'affaire Blanche qui pourraient nous aider. Navrée patron, je n'ai pas le choix.

— Il t'a mis un couteau sous la gorge ?

— Vous devriez pas le prendre comme ça, j'essaie de vous rendre service.

— Service… ?

Ma propension à agacer cette fille n'avait donc pas changé, deux minutes avaient suffi ; sûrement ce fameux rapport à "l'autre féminin" avec lequel Passante n'arrêtait pas de me bassiner depuis que je me lamentais sur mes cinquante ans à venir.

— Excuse-moi, Claire.

— Pas de quoi, j'ai l'habitude.

Elle a remis sa mèche blonde en place.

— Je fais ça pour vous aider. J'ai dit à Darnando que ça faciliterait les choses si je m'en occupais puisque j'avais suivi l'affaire, mais c'est aussi pour pouvoir vous tenir au courant.

Pourquoi ? "Le jour où tu comprendras que certaines personnes peuvent t'apprécier sincèrement malgré tes innombrables défauts, tu auras fait un grand bond en avant." Oui Georges, merci de me le rappeler.

— Pourquoi tu fais ça, Claire ?

— Mais pour vous aider, patron.

— D'accord, je te remercie d'ailleurs très sincèrement de m'avoir fait prévenir hier. Alors voilà ce qu'on va faire : donnant, donnant. Je veux bien te donner les infos qui vont vous aider, vous faciliter la tâche même si…

— Vous avez peur que Darnando profite de vous, c'est ça ? Si je peux me permettre, vous n'avez pas le choix enfin, je veux dire, vous n'êtes pas vraiment en position…

— C'est bon, je te remercie, épargne-moi…

Ses yeux sont devenus très noirs.

— Vous préférez vous passer de mon aide ?

— Je suis désolée, je ne…

— Vous préférez que j'aille voir Darnando en disant que vous n'avez pas l'intention de coopérer ? Vous savez ce qu'il fera ? Il a déjà convoqué votre mari, non ?!

— D'accord Claire, c'est bon. Calme-toi.

Cette fois, elle s'est assise :

— Ça fait longtemps que je vous avais pas vue à cran comme ça.

— Ça doit te manquer…

— Sûrement. On peut travailler maintenant ?

J'ai poussé vers elle la liste que Maxime venait de m'apporter.

— Ah ben au moins, on ne va pas perdre de temps…

— Je protège mes arrières.

On a repris tous les noms : ils pouvaient tous être impliqués dans la mort de Graziela, ou aucun.

— Et il en dit quoi, Darnando ?

— Pas grand-chose… que c'est du sérieux, une "belle affaire"…

— A part ça ?

— Il pense que le message vous est destiné.

— Quelqu'un aurait tué cette pauvre Graziela pour m'embêter ?

— Il sait que vous aviez vu Baffart à l'époque.

— L'ex-ministre aurait fait ça pour se venger, c'est ça ?

— Ecoutez, on en est qu'au début, pour l'instant on patauge.

— Et sur Georges ?

— Ça devrait pas aller très loin…

Elle a baissé la tête, relevé sa mèche deux fois.

— Et ?…

— Il a fait demander des renseignements sur votre fils.

— Victor ?!

— Vous énervez pas, patron, juste la routine.

— Quelle routine, tu te moques de moi ?!

— J'y suis pour rien patron, il fait toujours comme ça…

— Comment ça, il fait toujours comme ça ?

— J'en sais rien, il dit que c'est son mode opératoire, qu'il faut ratisser large.

— Tu peux le dire…

— Vous inquiétez pas, il a juste demandé des renseignements.

— Mais au nom de quoi ?

— Il veut juste savoir si quelqu'un autour de vous… enfin, vous voyez…

— Non Claire, j'avoue que non.

— C'est juste pour savoir ce que fait votre fils, si ça pourrait être lié…

— Mais dis-moi, à part mon mari et mon fils, vous vous êtes attaqués à qui pour l'instant ?

— On a vu Latortue hier.

— Ici ? Et je l'apprends maintenant ?!

— Non patron, on est allés chez elle hier soir.

— Tu y étais ?

— Oui patron, je m'occupe de l'affaire.

— Et alors ?

— Difficile à dire, vous la connaissez. Elle dit qu'elle n'a pas revu Graziela depuis des mois. Quand on lui a dit comment elle avait été retrouvée, elle a quand même marqué le coup.

— Vous avez dit où on l'a retrouvée ?

— Non patron, personne n'a dit ça. De toute façon, je vais retourner la voir seule… J'aimerais savoir si elle se sent visée.

— Comment ça ?

— Je sais pas ; d'abord Justine, ensuite Graziela, j'ai envie de savoir ce qu'elle en pense.

— Et pourquoi devant la librairie à ce moment-là ?

— Je sais pas, peut-être une façon de vous impliquer en même temps qu'elle.

— Tu patauges…

— C'est ça, je patauge.

— Et les autres, Blandin et compagnie ?

— On fait rien pour l'instant. On enquête d'abord autour de Graziela.

— Mais enfin, c'est pas Graziela, c'est Graziela et la poubelle devant la librairie !

— Je sais.

— Mais ?

— Darnando travaille pas comme vous, patron.

— Je te remercie, j'avais remarqué ; il préfère travailler sur ma famille, c'est ça ?

— Ecoutez patron, tout ça c'est du pipeau, laissez-le faire, si vous le prenez mal il en profitera. C'est du rapport de force patron, c'est que ça.

— Attends.

Heureusement, Claire me connaissait, Claire avait travaillé plusieurs années avec moi, elle savait ce que ça voulait dire. Elle a attendu. Je suis allée à la fenêtre. Depuis l'arrivée de Pucheu, je n'avais plus vue sur la Seine ; réorganisation des compétences et des territoires. Mes yeux bloquaient désormais sur un mur de pierre mais ça m'a fait du bien quand même. Regarder rien mais dehors, mon cerveau en avait besoin, peut-être encore une trace du reptilien, voir enfin au-delà des herbes de la savane. Après tout pourquoi pas, puisque ça marchait, c'est le cas de le dire…

Je me suis retournée vers Claire :

— Je vais aller voir Belove, moi je vais y aller, avant toi et évidemment tu n'es pas au courant… sauf si j'apprends quelque chose qui pourrait t'intéresser, on verra à l'usage.

— Mais…

— Laisse-moi finir. Graziela travaillait où ces derniers temps ?

— On ne la voyait presque plus au Bois.

— Et ?

— Pour l'instant on n'en sait pas plus.

— Vous avez demandé à Belove Latortue ?

— Ah bon, il fallait ?… Je vous ai dit qu'elle ne l'avait pas vue depuis des mois.

— Et tu la crois ?

— Je vous ai dit que j'allais retourner la voir.

— Mais moi je vais y aller avant toi. Je veux passer avant Darnando. Il se permet de convoquer mon mari et de se renseigner sur mon fils ? Erreur de sa part. Je prends les devants. J'essaie d'avoir suffisamment de biscuit pour me défendre, tu comprends ?…

— Mais, patron…

— Tu n'as plus à m'appeler comme ça…

— Vous préférez que je dise Régine ?

— D'accord… Tu disais ?

— Que vous le vouliez ou non, je dois faire mon boulot, c'est vous qui m'avez appris à le faire, non ? Alors me demandez pas de le saloper !

— Je te demande juste d'attendre demain matin.

— Et je justifie ça comment ?

— C'est pas compliqué, tu ne l'as pas trouvée plus tôt.

— Je vous préviens, si vous jouez pas le jeu avec moi, je dis à Darnando ce que je sais sur Victor…

— Tu as l'intention de dénoncer ses caleçons à fleurs ?

— Je vais me gêner…

Elle s'est levée.

— C'est bien parce que c'est vous…

— “Le sucre ne sert à rien quand c'est le sel qui manque…”

— Hébreu ?

— Yiddish.

— J'aurais dû m'en douter.

*

J'ai à peine attendu qu'elle sorte pour composer le numéro de Victor mais, au troisième chiffre, j'ai arrêté : qu'est-ce que je vais lui dire ? Lui laisser quoi comme message s'il ne répond pas ? Darnando a l'intention de surveiller son téléphone aussi ? Arrête Régine, tu déconnes. OK.

Je compose le numéro, il répond, je dis :

— Tu n'as pas oublié qu'on se retrouve à une heure au *bar des Amis*, n'est-ce pas ?

Le “n'est-ce pas” très appuyé.

— Tu peux répéter, “STP” ?

— Je dis, tu n'as évidemment pas oublié que nous nous retrouvons à une heure au *bar des Amis*, n'est-ce pas, je compte sur toi.

Ça devrait suffire, il comprendra, c'est mon fils. Je me sens quand même affreusement ridicule. Il se moquera de moi, il aura raison ; il ne m'en tiendra pas rigueur, je l'en remercie d'avance. Mon fils est une perfection sur terre. L'heure de le regarder partir est pourtant arrivée. J'évite d'ailleurs d'en faire un arrachement. C'est un arrachement. Je m'y prépare depuis vingt-cinq ans, c'est finalement assez peu. Georges se contente de me regarder faire, il ne sait pas ce que c'est. Ils savent pourtant ce qu'il m'en coûte ; pas une semaine sans que j'aie à m'en présenter la facture. Pièces sonnantes et trébuchantes, déjà dépensé une fortune. Elle m'enrichit, dit Passante, qui a compris de quoi je parle.

J'avais raison en tout cas de lui faire confiance. A 13 heures précises, il était devant le *bar des Amis*, j'attendais dehors. Il a ouvert ses bras mais j'ai dit "On s'en va" ; il a eu la bonté de me suivre sans poser de questions. Je l'ai emmené chez Farouk. Un comptoir et trois tablettes au mur.

Farouk a dit "Madame Régine et le grand garçon ! ma parole, il est encore nourri au lait de chèvre celui-là, tu n'as pas honte de faire trois têtes de plus que ta mère ?".

On a demandé des falafels mais c'était inutile, Farouk avait déjà posé la sauce blanche sur la tablette. Victor s'est penché vers moi :

— Tu m'expliques maintenant ?

J'ai expliqué.

— T'es en pleine parano, maman.

Evidemment. Ça faisait longtemps.

— Tu es fiché Victor, tu t'en doutes, non ? C'est pas une fiche énorme, je te l'accorde, j'ai vérifié ce matin mais c'est une fiche. Avant qu'ils ne l'actualisent eux-mêmes, ce qui est peut-être déjà en cours, tu vas me dire s'ils ont des raisons récentes d'y rajouter quelque chose d'intéressant.

— Mais c'est quoi ce délire ? Tu crois que j'ai quelque chose à voir avec ton histoire de poubelle ?!

— C'est à toi de me le dire.

— Attends, j'y crois pas…

— Je veux juste éviter d'être prise au dépourvu.

— Mais c'est pas vrai ! Envoie-les chier !

— Ce n'est pas une cour de récréation, Victor.

— Mais enfin de quoi tu as peur ? Qu'est-ce qu'ils peuvent faire ?

— Me nuire, nuire à ton père, à toi s'ils ont des raisons de le faire…

— Et comment ? Vas-y, concrètement, dis-moi…

— Ce n'est pas forcément concret, ils ne vont pas fermer la librairie ou me mettre à la porte, c'est plus pernicieux, c'est un climat, une pression.

— Et moi ?

— Si tu es embarqué dans quelque chose qui leur déplaît, qui les dérange… Mais enfin, tu as bien vu jusqu'où ils sont allés avec Jules Capat, non ?!

Au silence qui a suivi. A l'absence soudaine de mouvements de l'air. J'avais dû crier un peu fort. Je me suis tournée vers Farouk, il ne bougeait plus et nous regardait. J'ai dit :

— Pardon, désolée.

Il s'est gratté la gorge :

— Ça ne vous ennuie pas si j'apporte les falafels ?

Victor m'a regardée à son tour.

— Tu veux pas te calmer ?

Farouk a posé un verre sur la table.

— C'est du gris, madame Régine, c'est moi qui l'offre. Vous devriez pas vous mettre dans cet état, madame Régine, comme on disait chez moi, si ton chien a la rage, pique-le, mais si c'est le chien de ton voisin, change de trottoir.

— Et quand il n'y a pas de trottoir ?

— Vous savez madame Régine, quand ils sont venus me chercher à la maison et qu'ils m'ont mis leurs mitraillettes sur le ventre, j'ai cru sincèrement que je ne reverrais jamais le soleil. Mais Dieu a voulu, comme dirait ma mère, Dieu a voulu, depuis je n'ai jamais remis mes Ray-Ban. Il faut pas vous mettre dans cet état madame Régine, je vous assure.

J'ai pris le verre, trempé mes lèvres, juste une petite lapée pour le plaisir : Beyrouth 1982, le soleil écrasant sur la ligne de démarcation, la lumière, les armes, les *checkpoints* et ce vin le soir devant la baie immense. A l'époque déjà, une enquête impossible mais ils m'avaient envoyée là-bas pour apprendre, et parce que je comprenais l'arabe. Un souvenir impérissable. Farouk le savait, nous en parlions presque chaque fois ; merci Farouk, ce vin dans ma gorge a détendu quelque chose. Echec et mat, chère Régine, *el cheikh mât*, le chef est mort... Qui oublie la lumière du soleil est voué à la froideur de l'ombre.

J'ai tendu le verre à Victor, ravi. Farouk est retourné derrière son comptoir.

— Ecoute-moi, tu ne sais pas – j'ai appuyé sur tu – mais je sais – j'ai appuyé sur je – qui j'ai en face de moi. Ces gens-là non seulement sont assez peu écrasés par les scrupules mais en plus ils aiment bien ou, si tu préfères, ils ne détestent pas nuire à ceux qui pourraient leur déplaire et/ou les déranger. Tu me suis ?

— Et c'est moi le gauchiste ?

— La différence essentielle entre un gauchiste et moi, c'est que je suis flic.

— Ça, c'est imparable. Et ça ne te dérange toujours pas ?

— On en a déjà parlé.

— OK, j'ai compris, dans ton service, y a des sales cons qui pourraient avoir envie de te nuire et tu ne voudrais pas que certaines de mes activités extra-professionnelles aggravent ton cas, c'est ça ?

— Je ne vais pas t'empêcher de faire ce que tu fais, je te fais confiance, je veux juste que tu me dises ce qui pourrait leur donner du grain à moudre et je préfère le savoir avant eux. C'est assez clair, maintenant ?

— Très. Eh ben, c'est pas compliqué, je fais partie d'une filière de passeurs qui aident à convoyer des jeunes, notamment afghans en ce moment, vers les cousins anglais – ne me regarde pas comme ça maman, tu vas tomber du tabouret si tu continues, j'ai pas fini… Je collabore par ailleurs à Réseau 42…

— Tu veux dire… ?

— C'est ça, c'est moi qui me suis occupé des signatures pour l'appel à l'insurrection intellectuelle.

— Et puis ? Je sens que ce n'est pas tout.

— Je couche avec Albertine Royant.

— La Albertine Royant ?

— Tu pourrais au moins me féliciter…

— Et ?

— Y a deux ou trois trucs dont je préfère ne pas parler pour l'instant, c'est juste des projets.

— Du genre ?

— D'accord, commissaire, ça va, je vais tout vous avouer. On travaille au niveau européen.

— A quoi ?

— C'est pas encore complètement défini. Une sorte d'alternance intellectuelle.

— Tu dis bien… intellectuelle ?

— Si c'est le fond de ta question, on n'a pas encore prévu de saboter les centrales téléphoniques ni de déclencher le plan Vert.

— Ça me rassure terriblement. C'est tout, cette fois ?

— C'est pas mal, non ? Je pensais que tu allais me caresser la tête en disant "Je suis fière de toi mon fils".

— Je digère.

— Comme tu peux le constater, tout est parfaitement légal. Est-ce que je ne suis pas le digne fils de mon père et de ma mère ? Ça fait ving-cinq ans que je vous entends râler contre tout un tas de crétins, j'ai décidé de structurer tout ça.

— On a fait du bon boulot... ?

— Allez, rigole un peu...

— J'étais juste en train de penser à ce qui arriverait si ta fiche était actualisée et tombait entre les mains de Pucheu...

— Qui ?

— Le nouveau patron du service.

— Il s'appelle Pucheu ?!

— Et alors ?

— Pierre Pucheu, ça ne te dit rien ?

— Non...

— Fusillé à Alger en 1944 pour avoir été ministre de l'Intérieur en 1941, grand chasseur de juifs et de communistes pour les nazis.

— Et alors ?

— Rien, ton type porte juste le même nom.

— Ça n'a sûrement rien à voir.

Il n'a pas répondu. Il se contentait de me regarder. Comment avais-je pu mettre au monde un garçon si beau ?

— Tu es beau, mon fils.

— Maman...

— Ça me fait plaisir...

— Et maintenant, tu fais quoi ?

— Je ne sais pas encore très bien. En tout cas, je te remercie d'être venu.

— Tu étais tellement hystérique au téléphone, j'ai bien compris que j'avais pas le choix. Ça me fait plaisir de te voir maman. Ça va papa, je veux dire, à part la poubelle ?

— Il prend ça plutôt bien.

— Remarque, si les flics commencent à s'entretuer, ça fera des vacances.

— Tu viens dimanche ?

— Comme d'hab, 18 heures.

— Tu…

— Non maman, je viens seul.

— Je t'aime mon fils.

— Moi aussi, maman.

Il a pris son reste de falafel, s'est levé.

— C'est bon, je peux y aller ? En fait, j'avais un rancard, alors si je peux rattraper le coup…

Il s'est baissé, m'a embrassée. Je continuais à me souvenir du très petit garçon pour lequel j'avais creusé tant de tunnels formidables dans les sables de tant de parcs ; est-ce qu'il en serait toujours ainsi ?

Quand il a franchi la porte en se retournant pour un dernier salut, j'ai senti dans mes épaules l'éternel quelque chose que je ne voulais pas voir partir, dont je ne parvenais pas à me résoudre au départ. Heureusement, Farouk s'est approché :

— Les filles l'adorent, non ? Soyez heureuse, madame Régine, vous avez fait du beau travail. Thé à la menthe ou café turc ?

J'aurais volontiers passé l'après-midi là, mais, à la place, j'ai décidé de m'occuper de la peintre du 11e, il était temps. La visite de Victor m'avait fait beaucoup de bien – Victor, la peintre du 11e –, je me suis précipitée, il s'apprêtait à descendre les marches du métro, j'ai crié, il s'est retourné, j'étais évidemment hors d'haleine :

— Victor, la peintre…

Le pauvre chéri a eu un peu de mal à masquer son impatience.

— Eh ben ?

— Tu as appelé ton copain ?

— Mais tu m'as dit d'attendre ! Ecoute je dois vraiment y aller.

— Désolée chéri, tu pourrais l'appeler ?

— Lui demander quoi ?

— Comment il a su.

— Qu'elle était morte ?

— Il ne t'a pas dit, tu es sûr ?

— Je suis pas flic maman, je sais pas, c'est bon, je t'adore mais là j'y vais.

Il a descendu les premières marches, s'est retourné :

— J'te bipe ce soir ! a descendu encore quelques marches, s'est retourné encore une fois : Fais attention à toi !

Je l'ai regardé disparaître. A part quand je l'avais déposé hurlant le premier jour à la crèche et le matin où, son dernier carton sous le bras, il avait franchi définitivement la porte de notre appartement, avec ce sourire radieux qui disait c'est si bon de s'envoler, à part ces jours-là et tous les autres où, parfois sans raison, les larmes me montaient aux yeux simplement en le regardant parce que en lui donnant la vie, j'en avais fait la vie même, à part devant ses premiers chagrins immenses et son premier “si ça continue je me fous en l'air” quand, réalisant dans quel état était le monde que nous lui avions offert, il avait senti pour la première fois le découragement le gagner ; à part tous ces jours-là, jamais je n'avais ressenti un tel chagrin. “Les gens riches ont des héritiers, pas des enfants.” En hébreu dans le texte. Il m'aurait répondu, “Un oiseau dans la main vaut mieux que deux sur le buisson”. Cet enfant m'emplissait le cœur, il avait bientôt vingt-six ans et ça ne changeait pas. Comment la mère de Georges avait-elle pu passer à côté de ça ?

Farouk m'attendait sur le seuil, il m'a tendu mon sac à main :

— Ça va, madame Régine ? C'est pas dans vos habitudes, tout ça…

Je me suis excusée, il a enveloppé quatre nids aux pistaches dans une serviette :

— C'est dur quand les petits s'en vont, hein… Vous partagerez ça avec M. Georges ce soir, ça m'a fait plaisir de vous voir.

C'est venu tout seul, je l'ai embrassé. Dieu avait mis les Orientaux sur terre dans le seul but d'enrober les épines de miel.

*

J'avais fini les quatre nids aux pistaches avant d'arriver au bureau. C'est donc les doigts collants de miel que j'ai rouvert le compte rendu de Maxime sur la peintre. Hortense n'était pas son vrai prénom, son vrai prénom était Harmony ; je pouvais comprendre. L'autopsie n'était toujours pas terminée. L'enquête de voisinage n'avait rien donné pour l'instant ; elle peignait la nuit dans des ateliers de la ville de Paris loués à des artistes et artisans. Maxime avait rajouté une note : "Lieu appelé à disparaître ? Promoteurs ? H. M. présidente assoce de défense." Une flèche sous "promoteur" : "PV joint". Le PV commençait par une note : "Le 37 *bis*, rue de Montreuil, appelé aussi cour de l'Industrie, est le dernier ensemble des cours industrielles du XIXe siècle au cœur du faubourg Saint-Antoine. Site exceptionnel, histoire commencée en 1673, aujourd'hui une cinquantaine d'ateliers d'artisans et artistes. Plusieurs années de lutte intense, le lieu a finalement été racheté par la ville de Paris." La fin était surlignée ; le promoteur s'était juste scandalisé qu'on ose lui poser des questions, sans doute à juste titre.

H. M. était divorcée sans enfant, pas d'amant connu, excellente réputation, sa cote commençait à monter, le catalogue en était la preuve. Les témoignages pour l'instant concordaient tous, rien à signaler. A côté du RAS, Plantin avait rajouté deux points d'interrogation à juste titre là encore : elle était quand même morte et la thèse de l'accident de travail peu plausible. J'ai quand même marqué "à vérifier" sur mon bloc, ce qui a déclenché l'hilarité de Plantin quand je lui ai posé la question un peu plus tard :

— Pour que ce soit un accident du travail, il aurait fallu que le cadre sur lequel elle travaillait glisse – ça, c'est possible – et qu'au même moment elle tombe – admettons puisque le cadre a glissé – mais il aurait fallu aussi que, au moment où le cadre glissait, il fasse une rotation de soixante degrés et atterrisse précisément sur son artère carotide.

— Ça va, j'ai compris. Tu en es où ?

— Mystère et boule de gomme. Pas d'enfant pour hériter, juste un frère à la retraite, assez aisé, ni amant ni maîtresse connus.

— Elle n'avait pourtant pas l'air d'une bénédictine…

— Le pantalon de cuir et tout le bataclan ? Je sais, mais on a bien cherché partout : pas plus de préservatif dans sa salle de bains que de traces apparentes dans son lit ou de gynéco dans son carnet d'adresses.

— Elle couchait peut-être ailleurs et juste en passant ?

— Je sais mais on n'a rien, aucun témoin d'une vie nocturne à part des amis venant dîner.

— Et le premier mari ?

— Gentil garçon, visiblement affecté ; gentiment remarié.

— Ils pouvaient se revoir ?
— Oui, mais bon…
— Un amoureux éconduit ?
— Ça va prendre du temps.
— Les derniers contacts ?
— On s'en occupe, rien pour l'instant.
— Elle peignait quoi à ce moment-là ?
— Un camp de concentration.
— Un quoi ?
— Ça avait l'air d'être son truc du moment : des grandes toiles grises assez chic avec des miradors, des barbelés, des rails vides.
— Pas de menaces à ce sujet ?
— Je peux toujours passer un coup de fil à Hans Eichler pour savoir à quoi les nazillons occupent leurs dimanches en ce moment…
— C'est curieux…
— Quoi patron ?
— Je sais pas.
— Mais encore… ?
— Quelque chose ne colle pas.
— C'est sa vie patron, je crois que c'est sa vie… vous vous souvenez de Justine Blanche ?
— J'aurais pu l'oublier ?
— C'est quelque chose comme ça. Tout le monde dit qu'elle est super, tout le monde la pleure, c'est une femme superbe, elle prend super soin d'elle…
— Et ?
— Justement.
— Ça manque de taches encore une fois ? Mais tout le monde n'est pas comme toi et moi, Maxime…

Il a souri jusqu'aux oreilles. J'adorais quand il souriait comme ça, j'avais fini par trouver exactement à quoi ça me faisait penser : un ample et large verre à vin au moment où on l'emplit de bourgogne épais.

— Ça peut vraiment exister les gens comme ça, vous croyez ?

— Ou alors sa tache, c'était ça justement.

— Ne pas en avoir ?

— Elle est quand même morte…

— Oui, et ça, ça a fait des taches. Taches de sang, taches de peinture, un sacré mélange.

— Financièrement ?

— Pas riche, pas dépensière. Vieille Fiat Panda. Justement… mais bon… un de ses amis m'a raconté un truc bizarre… Elle a porté plainte deux fois.

— Et c'est maintenant que tu le dis ?

— Attendez… Elle était poursuivie par un type… j'ose à peine vous le dire… un espèce de fou furieux qui lui a léché le capot.

— Répète !

— J'invente rien. C'est arrivé quatre ou cinq fois, toujours le même type, il attendait qu'elle sorte sa voiture et lui léchait le capot.

— Tu as vérifié ?

— Le pauvre garçon est à Sainte-Anne.

— Tu devrais peut-être aller le voir quand même… Tu as vérifié la plainte ?

— C'est fait.

— Tu es sûr qu'elle n'est pas un peu braque ?

— Elle a pas l'air.

— Tout ça ne va pas arranger mes affaires.

— C'est peut-être pour ça qu'il vous a refilé le dossier.

— Pucheu ? Tu connais Pierre Pucheu ? Ça te dit quelque chose ?

— Je sais pas, le nôtre c'est Paul, non ?

Je lui ai raconté ce que Victor m'avait appris. Il a dit :

— Alors c'est familial ?

S'est arrêté devant la porte :

— A propos de famille, vous ?

— Rien de nouveau pour l'instant.

Je n'ai pas mentionné mon entrevue avec Victor.

*

Au téléphone, elle n'a semblé surprise ni de m'entendre ni que je veuille la voir ; elle a accepté le rendez-vous que je lui proposais, je lui ai laissé choisir le lieu, un bistro de Belleville. J'avais juste le temps d'y aller. C'était étrange de la revoir, renouer le lien avec l'ancienne affaire. Je me souvenais parfaitement d'elle, sa grande beauté plutôt altière, la dureté avec laquelle elle m'avait parlé de son métier, des hommes qu'elle y côtoyait, à l'époque Marc-Alain Baffart entre autres, de la grossièreté de ces hommes. Une femme à part, furieusement lucide, quant à son âme, difficile de l'approcher ; sans doute une grande solitude, le genre d'individu à peu près impossible à cerner et même à le désirer tant elle semblait inhabituelle. J'imaginais volontiers le parcours aberrant de l'enfant d'Haïti se hissant au rang de catin hors pair, j'imaginais volontiers aussi combien cette profession la tenait à l'écart de ce que nous tenions communément pour habituel, familier voire routinier. Ces notions semblaient lui être étrangères, comme si l'existence lui avait inculqué des règles hors norme, une sorte de strip poker grandeur nature avec mises forcées, menteurs, joueurs couchés, *killers*, bluffs et pathologies. Elle était de toute évidence une reine à cette table et tenait pour acquis le fait de pouvoir tout y perdre en une seule fois. Je savais que, avec elle, les parties étaient serrées – c'était le cas de le dire. Mais j'avais perçu aussi combien ça la fatiguait parfois. Elle m'avait déjà sondée et n'éprouverait peut-être pas le besoin de recommencer ; elle s'était laissée aller au moins une fois, pourrait donc peut-être recommencer. L'idée de la revoir en tout cas me plaisait. Les monarques se faisaient rares. Dans le mot lui-même, de *monos* : seul et *arkhein* : commander, cette notion de solitude à porter haut. Moi je n'avais pas besoin, elle le savait aussi, nous n'appartenions pas tout à fait aux mêmes peuplades ; peut-être accepterait-elle de m'écouter.

Tout dehors était devenu glacial, même à travers mes semelles ; j'avais beau multiplier les épaisseurs rien n'y faisait, nous étions prévenus, "vague de froid sans précédent", je détestais plus que jamais mon âge, mes pieds désormais trop sensibles, mes mains impossibles à réchauffer, mon cerveau lui-même parfois et cette bise glacée entre mon cou et l'écharpe, et Paris gris de fer, et les visages fuyants, sinistres.

Je l'ai vue dès que j'ai poussé la porte du bistro. Violent retour en arrière. Elle portait le même manteau en fourrure noire et la même chapka rouge, les mêmes ongles carmin, le même cache-cœur en mohair, qu'à notre première rencontre dans mon bureau il y a trois ans, est-ce qu'elle l'avait fait exprès ? Elle m'a regardée sans sourire. Pas un muscle de son visage, j'ai quand même pensé qu'elle avait encore embelli, quelque chose dans le port de son cou, dans ses yeux peut-être, de plus lointain encore, très maîtrisé ; je me suis sentie très lourde, très vieille.

Je ne lui ai pas serré la main, je me suis assise, j'ai dit "Merci d'être là".

— En quoi puis-je vous être utile ?

Sans la moindre trace apparente de notre dernière rencontre.

— Je suis venue vous voir à titre personnel.

Pas même le début d'une interrogation ou d'un encouragement.

— D'accord. Je vais être directe. Le cadavre de Graziela a été retrouvé comme celui de Justine dans un conteneur à ordures mais ce conteneur était lui-même devant la librairie de mon mari. J'ajoute qu'elle avait une de ses propres couilles dans sa bouche.

Son œil droit ouvert très grand, très vite. Elle se penche sur son verre, double whisky sans glaçon, aussitôt j'en ai eu très envie ; elle boit une longue gorgée d'un trait, repose le verre toujours sans me regarder :

— Et qu'est-ce que j'y peux ?

Du Latortue dans le texte, à ce moment-là je me suis souvenue ; j'allais devoir tout recommencer comme si je ne l'avais jamais rencontrée, mise en confiance, ne serait-ce qu'un instant apprivoisée.

— J'ai pensé que vous saviez peut-être quelque chose.

— Vos collègues sont déjà venus.

— Mademoiselle Latortue, je ne suis pas chargée de cette affaire, les choses ont beaucoup changé en trois ans.

— Comme partout.

— Je ne suis pas censée être là, j'ignore comment et pourquoi cette poubelle s'est retrouvée devant la librairie de mon mari.

— Cette poubelle, comme vous dites, s'appelle Graziela.

J'ai compris mon erreur. Ce n'était pas du tout comme si nous reprenions les choses au début, loin de là ; Belove Latortue me connaissait, m'avait déjà aidée et surtout elle s'était autorisée à me laisser furtivement entrevoir une subreptice émotion voire même, si j'osais, un sentiment. Elle n'était même plus sur la défensive, cette fois. Elle me tenait pour responsable, me renvoyait dos à dos à moi-même ; le barrage était pharaonique.

J'ai attrapé par la manche le serveur déjà passé trois fois à côté de moi.

— Elle est pressée la p'tit' dame ?

— Un peu.

— Et elle veut quoi la p'tit' dame pressée ?

— Un ballon de blanc.

— Eh ben voilà, il suffisait de l'dire.

— Ecoutez, mademoiselle, je n'ai pas l'autorisation de participer à cette enquête, mon mari a été mêlé bien malgré lui à cette affaire, je cherche à gagner du temps, à me défendre, vous comprenez ?

— Ça ne me regarde pas.

— Dites-moi au moins ce que vous savez à propos de Graziela…

Erreur Régine, erreur. Précipitation. Mauvaise évaluation. Le regard face à moi vient de basculer. Rewind.

— Vous m'en voulez, c'est ça ? Vous pensez que je suis responsable de sa mort ? Que c'est parce que je l'ai entendue dans mon bureau qu'on lui a fait ça ?

Silence de plomb. Puis :

— Vous n'avez rien fait pour la protéger.

— Mais de quoi ?

— Elle s'est mouillée pour vous, elle a passé des heures à essayer de trouver des infos sur le fameux dernier client de Justine, elle a mis les flics du Bois dans la combine, vous vous souvenez comment vous l'avez traitée ce jour-là ?!

Les deux clients de la table d'à côté n'en perdaient pas une miette ; je n'ai pas vu le serveur approcher.

— On se dispute, les copines ?

Je lui aurais volontiers balancé un coup de botte fourrée en faux poil d'angora dans les tibias, mais son intervention avait eu le mérite de stopper net Belove Latortue. J'ai fusillé du regard les deux gringalets de la table voisine. J'ai bu, une vraie piquette. J'ai dit "C'est dégueulasse". J'ai cru voir un coin des lèvres de Belove Latortue s'entre-déplier.

— Je préférerais que nous continuions à parler ailleurs.

— Impossible. Pas le temps.

— D'accord.

Je me suis penchée vers elle, j'ai rapproché ma main de la sienne sans même le savoir mais elle a immédiatement reculé.

— Vous m'en voulez, j'ai compris. Peut-être que, si vous ne m'aviez pas présenté Graziela, il ne lui serait rien arrivé, pour l'instant nous n'en savons rien. Mais, d'une part, c'est en partie grâce à elle et grâce à vous que nous avons compris ce qui était arrivé à Justine et, d'autre part, si vous m'aidez, nous pourrons peut-être trouver qui a fait ça à Graziela. Je comprends votre colère, vous…

— Vous faites ça parce que c'est votre mari.

— Evidemment, je ne vais pas vous dire le contraire, je le fais aussi parce que c'est peut-être moi qui suis visée.

— Et pourquoi vous seriez visée ?

— Je n'en sais absolument rien, et c'est pour ça aussi que je suis là.

— Je me suis occupée de Graziela dernièrement.

La dernière fois aussi elle avait fait comme ça, la dernière fois aussi, elle avait fait tomber le mur en une fois. Et ça voulait dire que je devais aller très vite si je ne voulais pas la voir le reconstruire aussi vite qu'elle l'avait fait tomber.

— Vous voulez dire… professionnellement ? C'est pour ça qu'elle ne travaillait presque plus au Bois ?

No comment. Ça veut vraisemblablement dire oui. Question suivante. Un million de dollars. Cash.

— Vous avez revu Marc-Alain Baffart ?

Hochement de tête.

Deux millions :

— Blandin ?

Non de gauche à droite. Cinq millions :

— Baffart est impliqué ?

— Peut-être pas.

La roue tourne, je ne vais pas assez vite. Elle le sent, elle le sait. Elle me regarde, toutes les cartes dans sa main, je n'ai même pas une paire de deux à aligner. Cette fois, c'est elle qui se penche. Elle dit "Boulevard d'Ornano" ; avant même que j'aie eu le temps de m'en rendre compte, elle remet sa chapka en place, repousse sa chaise, se lève. L'instant d'après, elle est partie.

Je n'ai même pas essayé de la retenir ; ç'aurait été contre-productif. De toute évidence, ce qu'elle venait de dire était essentiel. De la première main. Du cousu d'or. A moi de faire avec.

J'ai aussitôt pris mon portable et appelé Maxime, par chance il était encore là, oui il pouvait m'attendre ; je n'ai pas mentionné d'Ornano. Autrefois ç'aurait été le cas, je l'aurais dit pour qu'il commence à travailler, qu'il puisse me dire au moins si le nom lui parlait ; nous aurions gagné du temps. J'étais sûrement ridicule de ne pas le faire, d'imaginer que je devais pousser ma méfiance jusque-là. Nouvelle attaque de paranoïa ? Peut-être. "Dans votre vie, la notion de danger a pris une coloration particulière, madame Partouche, c'est quelque chose que vous n'avez pu prévoir, personne ne savait que cette bombe exploserait. Ce que vous appelez votre paranoïa n'est rien d'autre que votre propension, après cet événement, à tenter de prévoir le pire. Disons qu'il vous est resté une sorte d'allumage défectueux de vos témoins de risque." L'image m'avait fait sourire, elle n'était pas fausse. Combien de fois, l'inutile propension s'était retournée contre moi, m'avait conduite à prendre des vessies pour des lanternes, mais c'est elle aussi qui m'avait alertée dans d'autres cas. J'avais beau tenter de la contrôler, ça restait trop énigmatique. Je devais tout au plus me contenter de savoir que personne sans doute n'écoutait mes conversations et que pourtant j'agissais comme si. Pucheu avait brillamment réussi son coup, remarquablement ressoudé les équipes, renforcé la confiance. Le service y avait sans aucun doute gagné en cohérence et en efficacité. Management par la suspicion ; j'étais visiblement tombée dans le piège.

*

Le boulevard d'Ornano ne disait pas grand-chose à Maxime, mais Régis Blancard, m'a-t-il très justement conseillé, pourrait sans doute nous éclairer si l'information donnée par Latortue avait à voir avec son travail et celui de Graziela. Quelques semaines après l'arrivée de Pucheu, Régis avait demandé à intégrer la brigade de répression du proxénétisme. Permission accordée sans sourciller : Blancard était un des gauchistes du service, son affiliation au nouveau syndicat était d'autant mieux connue qu'il en avait été un des porte-parole – et il faisait partie de mon équipe. Pucheu n'avait pas discuté.

Visiblement, c'était trop tard pour le joindre. J'ai fini de raconter à Maxime l'entrevue avec Belove Latortue mais il n'y avait pas grand-chose à ajouter pour le moment ; j'ai proposé de lever la séance.

En partant, j'ai vu que le bureau de Pucheu était encore éclairé. Son arrivée avait eu le mérite de me rapprocher d'horaires de travail plus humains ; depuis qu'il était là, je partais de plus en plus tôt le soir. "Je vais finir par m'habituer à dîner avec toi", m'avait fait remarquer Georges mais c'était mi-figue, mi-raisin…

— Ça n'a pas l'air de te ravir…

— Disons qu'avant tu rentrais tard, mais à peu près satisfaite…

Bien reçu.

J'ai pris des roses chez le fleuriste et décidé d'être de bonne humeur. J'ai lancé "hello !" en entrant et tout de suite après mon manteau, mais j'ai vu un seul couvert sur la table, et de plus près encore un mot près de l'assiette, "Je dîne dehors, à tout'".

Je m'appelais Régine Partouche, j'allais avoir cinquante ans, de mon bureau je ne voyais plus la Seine, j'ai allumé la télévision, oublié les roses sur le fauteuil ; un homme de dos, la voix masquée, expliquait pourquoi lui aussi avait envisagé le suicide, on voyait juste le bas de son costume impeccable et ses chaussures noires à pointe "pour les cadres aussi… plus rien ne compte, on est passé du management des hommes au management des chiffres, malin-je-mens, avec une maison à payer et deux enfants au collège c'est difficile de démissionner, ils le savent, il paraît qu'on travaille pour les actionnaires, quand je suis entré, on m'avait parlé d'usagers, de service public, des mots inutiles".

Il n'y avait plus de blanc au frigo, je me suis servi un whisky. Est-ce que Georges dînait avec Caligar ? J'ai pris mon téléphone pour l'appeler mais je n'ai pas osé. Je suis redescendue acheter des cigarettes, j'ai mangé des tranches de saucisson. Georges n'avait encore rien prévu pour mon anniversaire. J'ai allumé son ordinateur, j'ai fait vingt Spider Solitaire d'affilée.

Il est arrivé un peu avant minuit.
— Tu es rentrée depuis longtemps ?
— J'étais là tôt.
— Ah, tant mieux.
Il a vu le cendrier, les mégots.
— Tu fumes ??!
— J'ai eu envie. Tu étais avec qui ?
— Lortmann.
— Il va bien ?
— Ça va.
— Pourquoi tu ne m'as pas appelée ?
— Je pensais que tu travaillais. Ça ne va pas ?
— Si très bien.
— Ça n'a pas l'air.

La voix disait qu'il n'avait pas très envie d'en savoir plus. J'ai refait un Spider Solitaire. Je connaissais cette mécanique jusqu'au bout des doigts. L'art de se tourner le dos à soi-même, parfois ne plus mettre en œuvre que ça.

Je me suis retournée pour lui dire que j'avais acheté des roses, l'aider à se sentir un peu coupable au moins mais il avait quitté la pièce. Quand cette solitude-là m'atteignait, elle semblait irrémédiable ; ça montait très vite et très haut, tout y passait, lassitude de Georges après vingt-cinq ans de vie commune, devoir finalement se séparer, lâcher prise, ratage professionnel, aucune reconnaissance, trop pointilleuse et accrochée aux principes, trop chien fidèle, en retard sur l'Histoire, la République n'en a plus rien à foutre, si tu couches pas t'es qu'un naze, si tu sniffes pas t'es qu'un bébé, si tu passes pas à la télé t'existes pas, si tu mens pas comme un arracheur de dents, t'es pas crédible, si tu couches, tu sniffes, tu passes à la télé et si tu mens comme un arracheur de dents, t'es ministre. Je me suis raccrochée à l'idée du rendez-vous avec Passante le surlendemain, avec un peu de chance elle pourrait l'avancer, j'ai repris un whisky de trop, je n'avais pas envie de rejoindre Georges, je suis allée dans la chambre de Victor, le lit n'étais pas fait puisque Victor ne dormait plus là, je me suis enroulée dans la couverture, j'ai dû dormir tout de suite, j'avais oublié de mettre le réveil.

3

JOUR DES MENTEURS ET DES VOLEURS

Georges a ouvert les rideaux.

— Ton café est prêt.

J'ai remonté la couverture jusqu'aux yeux. Il est ressorti. J'ai entendu la cuillère tinter dans le bol, je me suis levée, j'ai passé de l'eau sur ma figure. En me voyant, il a dit :

— Holà…

A cinquante ans moins douze jours, j'avais encore envie qu'on me materne. J'avais passé ma vie à laisser entendre le contraire ; le contraire l'avait emporté. "Vous êtes un roc, Régine." "Comment fais-tu pour être aussi forte." Je n'aurais pas dû me faire passer pour ce que je n'étais pas ; encore aurait-il fallu que j'en sois capable. "Capable, coupable, c'est étrange comme, dans votre bouche, les deux mots ont parfois tendance à se confondre, madame Partouche."

— Est-ce que tu couches avec Emeline Caligar ?

— Pardon ?

— Est-ce que tu couches avec l'écrivaine rousse, sûrement talentueuse et à forte poitrine ?

— Evidemment, tu sais bien, libraire bite en l'air, écrivain chaud lapin. Remarque, tu me flattes.

— Tu pourrais essayer d'être un peu gentil ?

Les larmes, montées toutes seules, Georges navré :

— C'est pas grave, ça va passer…

LA phrase que je détestais entendre. Il s'en est souvenu trop tard.

— Je sais, il ne fallait pas que je le dise, je suis décidément très maladroit.

Deuxième Kleenex. Spirale incontrôlée. Combien de fois l'avions-nous déjà vécu ?

— Excuse-moi.

— Y a pas de mal. Tu en es où de la poubelle ?

— Nulle part.

— D'accord... Tu veux quoi pour tes cinquante ans ?

— Une surprise.

— Quel genre ?

— Du genre surprise.

Café bourru, café foutu, soit je sombrais corps et âme, rien n'était plus facile, soit je répondais à l'adversité par une autre, plutôt mon école.

— C'est comme ça, j'adore les surprises, pas toi, mais c'est mon anniversaire.

Autodéfense, ça marchait presque à tous les coups. J'ai bu le reste très vite, Georges ne disait plus rien, j'ai à peine fini la première moitié de muffin, de toute façon je suis trop grosse, j'ai dit "Je vais être en retard" et je me suis levée, j'ai quitté la table trop vite, de façon précipitée aurait dit ma mère, "Tu bois comme un cheval et tu vis comme un bulldozer", j'avais tort évidemment de précipiter mon café et mes muffins, de boire comme un cheval même si je n'avais jamais très bien compris ce que ma mère entendait par là, ne connaissais aucun cheval d'assez près, j'aurais dû profiter de chaque bouchée, du bonheur d'être vivante, en bonne santé et non suicidaire, mais chassez le naturel, j'ai repris mon galop, c'est peut-être ça que voulait dire ma mère ; j'ai filé à l'anglaise et, sous ma douche, filé le train à ma rage persistante à défaut de parfait amour et un mauvais coton sûrement, dans l'escalier, puis dans la rue, puis dans le métro.

C'est seulement dans le métro que je me suis sentie navrée, trop tard comme d'habitude, pressée contre la foule à nouveau récalcitrante. Je me suis calée contre une portion de portière encore libre, j'ai ouvert mon sac, extirpé mon portable, réussi tant bien que mal à envoyer un SMS à Georges, le énième "excuse-moi" ; j'aurais dû l'installer une fois pour toutes dans "mes modèles". Encore six stations avant le bureau. On était mercredi, jour de Mercure, dieu du commerce, du voyage, et à défaut des voleurs et des menteurs. Je me suis écrasée davantage encore contre la portière et j'ai regardé le tunnel, nous n'étions plus ni braves ni sages mais je l'avais déjà dit, comment sortir de l'impasse ? Je savais quel genre de journée me pendait au nez : danse de Saint-Guy, atteinte des noyaux gris centraux du cerveau entraînant des gestes involontaires et désordonnés ; au Moyen Age, on accusait les malheureux qui en étaient atteints d'être possédés et on les brûlait sur le bûcher. Ça me filait entre les doigts. Soit je remettais mon uniforme trop serré aux coudes de commandant tenace et volontaire, soyez dure et vous serez juste, soit je bifurquais à temps, tour de magie, tour de passe-passe, passer outre.

J'ai appuyé mon front contre la vitre, elle était froide. Régine I ou II ? Reine ou martyre ? A la station suivante, le peuple de la rame s'est à nouveau déplacé brutalement, je n'ai fait ni une ni deux, j'ai poussé, écrasé des pieds, franchi la porte à guillotine au dernier moment. Je me suis retrouvée sur le quai. Le peuple du quai se hâtait en tous sens. Fétu de paille, Régine. J'ai atteint un banc, repris ma respiration, mon portable, cette fois encore c'est venu tout seul ; j'ai appelé Passante et dit que je souhaitais la voir. Elle, très sobre, “Dans une demi-heure ?”. Bien sûr. Comment donc. Relâchement instantané des maxillaires. J’ai répondu “C’est parfait” ; ça l’était.

J’ai repris le métro dans l’autre sens. Ces rames-là étaient presque vides et peuplées d’êtres humains. Ils m’ont prise pour un des leurs. Mon état de confusion n’était pas visible. Je n’avais rien à lire. Juste patienter ; c’est pour ça aussi que je l’avais fait. Les rendez-vous avec Passante servaient parfois à ça, ne plus rien décider pour une heure ou deux.

J’ai attendu dans le café en bas de chez elle, coupé le son de mon portable, pas pris l’appel de Maxime, Georges ne s’était pas manifesté.

*

A l’heure dite, elle m’a fait entrer, je me suis allongée, j’ai pleuré aussitôt, elle ne disait rien.

— Je vais devoir revenir plus souvent, je crois.

— Je vous écoute.

J’ai tout mélangé.

A la fin, elle a dit : “Je vous attends demain jeudi.” Je dis, jour du psy.

Parfois c’était ma seule assurance vie, mon seul recours, même si “les psys, t’es folle, c’est pour les zinzins”, avait assuré croustillante la sœur cadette de Georges au dernier lointain repas de famille – elle ne trouvait zinzins ni ses dernières vacances en Casamance – “Cette année on a *fait* le Sénégal, heureusement le club était à l’écart, y avait des Noirs mais c’est que les serveurs et femmes de ménage qui ont le droit d’entrer” ; ni le goût acerbe de sa fille déguisée en marque, lunettes, bonnet et string apparent compris , “Vu le prix que ça coûte autant dire chez qui on l'a acheté", ni même les litres consciencieusement ingurgités par son fidèle Roland et à sa suite son merveilleux Benjamin, "On l'appelle plus que Benji, oh, Régine, me dis pas que tu le trouves pas beau le fils de Signoret" –, et si je pensais depuis longtemps que la cinglerie était plutôt de leur côté, "Mais vous, les juifs, vous pensez jamais comme tout le monde et tu sais j'ai rien contre vous, avec tout ce que vous avez souffert !", alors c'était le moment pour Georges d'intervenir.

Est-ce que les cons gagnaient du terrain, est-ce que je vieillissais mal, est-ce que les deux évolutions pouvaient être simultanées ? Impasse et flop. J'avais heureusement un nouveau rendez-vous en poche. Passante m'avait arrêtée sur un "Pourtant au fond je sais, je peux faire face, mais comment me l'autoriser ?", avait même ajouté ce "très bien", signe que j'avais énoncé à coup sûr une vérité certaine. J'adorais évidemment quand elle disait ça. C'est pour ça que j'y allais aussi.

Je me suis retrouvée dehors, cotonneuse mais rassurée. Le métro, à cette heure, avait dégorgé. Je me sentais à nouveau d'attaque.

*

Je suis repassée d'abord dans le bureau de Plantin, personne, j'ai opté pour celui de Klumps ; il a attendu que j'arrive à son bureau pour lever les yeux.

— Du nouveau dans l'affaire du 11e ?

— On y travaille.

D'accord. Je n'ai pas jugé utile de faire valoir le respect dû à ma supériorité hiérarchique. Il était encore un peu tôt peut-être. J'ai juste répondu "Alors c'est parfait". Il a dû penser avoir gagné une bataille au moins. J'ai réitéré chez Pujol mais en rajoutant d'emblée un peu d'eau à mon vin.

— Ça va comme vous voulez, lieutenant ?

— Si on veut...

Montré une chaise :

— Je peux ?

— ...

— Du nouveau dans l'affaire du 11e ?

— On épluche les comptes, les appels, rien à se mettre sous la dent pour le moment.

— Et l'autopsie ?

— Ce soir au mieux.

— Des traces de lutte, sur place ?

— Rien, pas un pinceau déplacé. Porte intacte, mais elle la laissait toujours ouverte. Empreintes dans tous les sens. Enfin si peut-être, si on veut.

— Ah, très bien...

— Oui, bon, un bout de cigare, elle en fumait pas, il est au labo.

— Très bien, bon travail.

Regard rapide, dubitatif.

— Si, si, vous êtes le premier à apporter un élément nouveau.

— Ce n'est qu'un bout de cigare...

— C'est quand même du bon boulot.

— Merci, patron.

Ça avait dû lui échapper, j'ai quand même souri :

— Je vais voir si le labo peut accélérer.

Règle n° 1, valorisation du travail accompli. Règle n° 2, appliquer la règle n° 1 en priorité aux récalcitrants. Sun Tzu, chapitre 9, "De la distribution des moyens" : "Instruisez vos troupes, mais instruisez-les à propos ; ne les ennuyez point, ne les fatiguez point sans nécessité ; tout ce qu'elles peuvent faire de bon ou de mauvais, de bien ou de mal, est entre vos mains."

Par chance, au labo, je suis tombée sur Magali, “Ça me fait plaisir de vous entendre, commandant”. Avais-je vraiment besoin d’autre chose pour aller mieux ?

— Pujol t’a fait porter un bout de cigare. Tu peux le mettre en priorité ?

— 1 ou 1.1 ?

— Ça dépend de ce que tu as d’autre.

— Une poubelle entière, ça devient une mode, vous vous souvenez, commandant ?

— J’aurais du mal à oublier…

— Une vraie bavarde celle-là, du sang, des poils, du sperme, un vrai goûter d’anniversaire…

— Tu peux m’intercaler le cigare au milieu ?

— Si c’est vous qui le demandez…

— Sans que ça se sache…

— Evidemment…

*

Cette fois non plus, Plantin n’a pas frappé ; il a soigneusement refermé la porte, rapproché une chaise.

— Je viens de voir Blancard.

— Il va ?

— Très bien. A fond dans le proxénétisme roumain.

— Ça lui plaît ?

— Ça a l’air.

— Et pour d’Ornano ?

— Vous êtes sûre, c’est bien ce nom ?

— …

— D’accord.

— Un problème ?

— Peut-être.

— Tu me dis ce que tu sais ?

— En fait, à la BRP, les bureaux ne sont pas tous individuels.

— … ?

— Dans celui de Blancard, ils sont trois.

— Et alors ?

— Notre conversation s'est passée devant la machine à café.

— Elles ont le mérite d'exister.

— … en fait, je devrais dire s'est heureusement passée devant la machine à café.

J'ai envie d'une cigarette.

— Et alors ?

— Le boulevard d'Ornano est l'adresse d'un lupanar. C'est pour ça que Latortue vous en a parlé.

— Et… ?

— Une maison de luxe, très chic, parties fines et cocaïne. Uniquement du gratin.

— D'accord. Et… ?

J'ai enlevé depuis des mois le dernier paquet de sa cachette. En fait, je viens de comprendre.

— Quel gratin, Maxime ?

— LE gratin.

— Mais quoi ? Cinéma ? Football ? Industrie ? Politique ?

— Un mélange. Surtout les deux derniers. Pas très loin de l'Etat, si vous préférez.

Rewind. Justine Blanche, Marc-Alain Baffart. Graziela. Je me penche vers lui :

— J'ai terriblement envie d'une cigarette. Soit tu me dis ce que tu as à me dire, soit je descends en acheter.

— Vous ne devriez pas.

— Je sais, alors sois gentil, accélère !

— Quand je dis l'Etat, je veux dire ses serviteurs, il serait d'ailleurs plus juste de dire ceux qu'on appelle abusivement ses serviteurs…

— Maxime…

— … néanmoins ces soi-disant serviteurs de l'Etat sont en fait ceux qui s'en servent, non ?

— D'accord, on est d'accord. Qu'est-ce qui bloque, Maxime ?

— Blancard ne peut évidemment fournir aucune preuve matérielle de ce qu'il m'a dit.

— S'il te plaît…

— A d'Ornano, il y a de temps en temps un sous-secrétaire d'Etat, quelques députés, deux ou trois patrons d'entreprises nationales ou tout comme, et quelques étrangers d'importance bien sûr.

— Et… ?

— Un ou deux patrons.

— Tu l'as déjà dit.

— Non… de la maison.

— Pardon ?

— Vous voyez… Je dis que certains de nos responsables ont pu aller se détendre boulevard d'Ornano.

— Nos responsables ?

— Quelques membres haut placés du ministère et des directions.

— De notre direction ?

— Oui patron.

Ça méritait une pause, un arrêt.

— Attends.

Lui aussi savait, il a attendu. Quelques secondes ont suffi.

— Belove Latortue a donné comme information, dans l'affaire Graziela, l'adresse d'un bordel première classe où se retrouvent de temps à autre quelques éminents responsables des directions nationales de la répression des crimes sous toutes leurs formes, dont nous faisons justement partie, c'est ça ?

— C'est ça.

— Et pourquoi on n'en savait rien ?

Il sourit :

— Je vous aime bien, patron. Peut-être que personne n'avait eu l'occasion de nous le dire. D'après Blancard, tout le monde ne l'ignorait pas dans la maison, au sens large ; il y a parfois des bleus pour y conduire ces messieurs et les attendre.

— Des bleus en service avec des véhicules de service ?

— Oui, patron.

— Tu es sûr de ce que tu avances ? Tu réalises ?

— Je sais. Blancard est sûr de lui.

— Et ça dure depuis quand ? Vrémont savait ?

— Peut-être. Ça veut pas dire pour autant qu'il y allait…

— Et Pucheu ?

— Vous voulez savoir quoi, s'il le sait ou s'il y va ?

— Ah, parce que…

— Vous devriez changer de lunettes, patron, je crois que les vôtres ne sont pas assez fortes. Le prenez pas mal. Vous êtes une femme…

— Ça veut dire ?

— Ce qui se passe boulevard d'Ornano est quand même typiquement masculin, je ne dis pas que seuls des hommes peuvent comprendre…

— C'est exactement ce que tu dis !

— Je veux juste dire que se retrouver dans ce genre d'endroit, partager les mêmes filles ou les mêmes rails de coke, relève du rituel. Ça doit en faire bander plus d'un d'y être admis, juste y être admis. Dans les cités, ils font ça dans les caves et les filles sont ni payées ni consentantes. Au sommet de l'Etat, c'est dans des salons et les filles sont payées très cher, le champagne aussi, pour qu'ils se croient au-dessus de la mêlée, très riches, très smart, très…

— Bling-bling ?

— C'est vous qui l'avez dit.

— Et, à gauche… ?

— Non, pensez-vous…

— D'accord. Et ça permet de régler quelques affaires de la plus haute importance entre deux parties fines…

Il a souri façon verre de bourgogne :

— Vous voyez, ça vient…

— Attends.

Je retourne me coller face au mur de brique, il ne dit plus rien. Je fais demi-tour :

— Graziela aurait pu se retrouver là-bas par l'intermédiaire de Latortue ? Et Latortue, par l'intermédiaire de Baffart, par exemple.

— Je vous rappelle quand même qu'il faisait ses petites affaires avec Justine et Latortue dans sa garçonnière.

— D'accord, mais admettons qu'il ait eu envie d'être un peu plus discret vis-à-vis de la justice ou de sa femme après la mort de Justine, il abandonne sa garçonnière, se met à fréquenter d'Ornano et y fait entrer Latortue…

— Ça cadre pas.

— Pourquoi ?

— Elle est trop indépendante. Je la vois pas travailler dans ce genre de trucs.

— Ni toi ni moi ne la connaissons assez… Je lui ai demandé si elle avait revu Baffart, elle n'a pas démenti. On part du principe pour l'instant qu'elle y travaillait avec Graziela.

— Et elle vous aurait donné l'adresse ?

— On peut imaginer que le sort réservé à Graziela lui a déplu.

— OK, admettons. Et maintenant, on en fait quoi ?

— J'allais te poser la même question.

— On va procéder par ordre. D'abord, Graziela ce n'est pas votre affaire, c'est Darnando qui en a la charge.

Mais, vu l'endroit où on a trouvé le corps, ça devient votre affaire…

— On retourne au point de départ.

— J'essaie juste de mettre un peu d'ordre. Si c'est pas à vous de faire l'enquête, ni Darnando ni Pucheu ne vous laisseront y toucher.

— Mais dis-moi Maxime, si j'ai bien compris, il serait possible que Pucheu ait eu l'occasion de voir Graziela au moins une fois à d'Ornano, si elle y travaillait ?

Il m'a regardée. Je me suis rassise. Jour des menteurs et des voleurs. J'aurais dû le savoir. L'histoire était en train de me repasser le plat. Justine – Graziela. Poubelle – poubelle. Cul – cul. Pouvoir – pouvoir. Parmi toutes mes erreurs au cours des cinquante dernières années, une des plus récentes et lourde de conséquences avait été de ne pas suivre mon instinct : arrêter après l'enquête sur Justine comme me le suggérait ma fatigue ou, au minimum, demander ma mutation à Marseille. "Je vous conseille d'y réfléchir, madame Partouche, mettre fin à sa carrière mérite mieux qu'un passage à l'acte évoquant davantage la compulsion que le libre choix." L'habitude et ma lâcheté avaient fait le reste, glisser chaque matin mes deux pieds dans les mêmes sabots, éviter d'avoir à me demander pourquoi et comment.

— J'ai voulu arrêter après l'enquête sur Justine, j'aurais dû m'écouter.

Il a levé les yeux, cette fois, je l'avais pris de court.

— Vous aviez sans doute de bonnes raisons.

— Ou de mauvaises.

— Vous y avez droit comme tout le monde. J'ignore pourquoi vous êtes devenue flic mais je sais que vous aimez ce travail, vous le faites bien, ça ne s'abandonne pas comme ça. Moi aussi j'y ai déjà pensé, forcément… surtout ces derniers temps.

Sa phrase évidemment m'a fait du bien, épargné de la solitude.

— Je sais, je comprends. Tu n'imagines pas comme je suis heureuse que tu sois encore là... Ecoute, on va continuer à essayer d'en savoir un peu plus sur toute cette histoire, et je continue à tenter de protéger mes arrières. Si ce que tu dis est vrai, je comprends encore moins pourquoi la poubelle s'est retrouvée là. Raison de plus pour savoir ce qui est arrivé à Graziela et si ça a un lien avec moi. Et si on trouve des informations intéressantes, on pourra toujours donner à Claire ce qu'on a besoin de lui faire savoir, histoire que l'enquête avance dans le bon sens. Tu me suis ?

— Je crois. Vous allez lui parler de d'Ornano ?

— Pour quoi faire ? Si ça remonte jusqu'à Darnando, il risque de tout verrouiller et nous ne pourrons plus rien faire du tout... Si ça devient nécessaire, je trouverai toujours un moyen pour le faire savoir à Claire. Tu as envie d'aller voir Mlle Latortue ?

— ...

— C'est un service que je te demande.

— J'ai compris...

— Ça t'ennuie ?

Il se redresse :

— Ça fait combien d'années que je bosse avec vous ?

— Je ne compte plus...

— Dans ce cas...

— Alors qu'est-ce qui te gêne ?

— Rien. Je me ferai un plaisir d'aller voir Mlle Latortue.

— J'ai fait l'erreur de l'appeler de mon portable, hier.

— Paranoïez pas trop quand même... De toute façon, Claire a l'adresse.

— Je préfère que tu te débrouilles sans Claire pour l'instant, Latortue n'a peut-être pas déménagé. Je prends le relais sur l'affaire de la peintre, ça te va ?

— Ça va.

Il s'est levé. Son "ça va" était net.

— Je te remercie Maxime. Dis-moi, avant que tu partes, le lécheur de capot ?

— Laissez tomber ; depuis que le commissariat du 11e l'a interrogé d'un peu près, il a complètement disjoncté.

Je lui ai parlé du cigare.

— Ça m'aurait fait plaisir de le savoir par Pujol !

— Tu n'étais pas là.

— Attendez...

— C'est bon, l'essentiel c'est qu'il l'ait trouvé.

— C'est quand même un petit con.

— Ça n'a pas dû l'arranger de travailler avec Darnando.

— Ça doit être ça. Je vous apporte le dossier avant de partir, c'est pas grand-chose.

— Et pour l'Allemagne ? Tu as appelé Hans ?

— J'ai pas eu le temps.

Il se retourne juste avant la porte :

— Au fait, j'intègre le syndicat.

— J'avais peut-être parlé un peu vite l'autre fois, et si ça se retourne contre toi...

— Je sais, mais ils veulent vraiment essayer de faire bouger les choses avant que tout soit complètement verrouillé. Vérolé. Je pourrai toujours faire comme Régis si ça tourne mal, il y a encore des endroits où on peut bosser.

*

Trouver de l'ADN sur un morceau de cigare était un jeu d'enfant, ce que n'était pas le meurtre d'une femme ;

j'avais du mal à imaginer le supposé fumeur assassin partir en l'oubliant. Ça sentait l'impasse. Ou alors c'était le jackpot, l'oubli de dernière minute, l'acte manqué par excellence. Magali ne m'enverrait rien avant la fin de la journée. Et ce qu'elle trouverait ne vaudrait rien si le séquençage n'était pas déjà enregistré dans un fichier. Pas question de la brusquer en tout cas, j'avais encore plus besoin de savoir ce qu'elle allait découvrir dans la poubelle, même si, pour le coup je pouvais être sûre qu'aucun des séquençages qu'elle découvrirait n'avait la moindre chance de se retrouver dans un fichier. Qui a deux maisons perd la raison ; qui a deux enquêtes perd la tête. A quarante ans, j'aurais maîtrisé tout ça de main de maître. Au lieu de m'imperméabiliser, l'âge avait l'air de vouloir faire ressortir une à une les couches les plus insondables et misérables de mon être au monde troué de toute part. “Tu préférerais ressembler à notre aimable président ?” Fallacieuse question de Georges à mes jérémiades. “Préviens-moi dans ce cas, je prendrai mes dispositions.”

En attendant, j'ai appelé Hans Eichler à Berlin.

— Régine Partouche, quelle bonne surprise, chère collègue. Toujours en vie ?

— Ça dépend des jours.

— Alors, vous n'avez pas changé.

Hans était le seul Teuton roux flamboyant de ma connaissance, le seul également à parler le français sans cet accent saccadé qui me faisait d'instinct recourber les oreilles, il l'employait au contraire avec un non-appuiement remarquablement travaillé des gutturales et je ne sais quoi même d'exquisément chantant qui m'enchantait ; le raffinement de cet homme se retrouvait dans son français et à l'entendre c'était fait exprès, "Manier cette langue demande du savoir-vivre".

Après les préliminaires d'usage et d'amitié, "En quoi puis-je vous aider chère Régine, vous savez que c'est toujours un plaisir", rien que la courtoisie de cet homme me faisait du bien, je lui ai raconté rapidement l'histoire, "Des tableaux sur les camps, dites-vous, est-ce qu'elle n'a pas exposé ici ? J'ai vu ça je crois, ça revient beaucoup en ce moment à Berlin, je verrai si c'était cette femme". J'ai aussi mentionné rapidement le cigare. "Quelle marque ?... Ah vous ne savez pas... Nous en produisons beaucoup et d'excellents savez-vous ?" Je lui faisais perdre son temps. Il m'a néanmoins très civilement répété que c'était un plaisir et qu'il allait se renseigner sur d'éventuelle menaces nazillonnes.

J'ai vérifié tout de suite après, Hortense Majera avait bien fait partie d'une exposition récente à Berlin. *Arbeit und Lager.* Travail et camps. Quelques nazillons de service, n'ayant pas réussi à perturber la soirée d'ouverture, s'étaient contentés de maculer nuitamment la vitrine principale de la galerie à coups d'œufs et de tomates mêlés. Pas de quoi fouetter un chat. Cette mort pour l'instant ne semblait raccrochée à rien.

Je me suis levée, j'ai fait le tour des bureaux, battu le rappel de ma maigre équipe. Je ne leur ai pas proposé de s'asseoir, j'ai dit :

— Je ne comprends pas, rien n'avance ! Elle est morte pour quoi, cette femme ?!

Ils étaient figés, les yeux rivés sur moi, je ne le leur avais encore jamais fait. Klumps a tenté un air dégagé, je l'ai saisi au vol :

— Vous nous rapportez des informations, lieutenant ?

— Rien d'intéressant, commandant.

— Et ses listings ? Elle dépensait quoi, cette femme, elle vivait de quoi ? Vous en êtes où, Lastanau ?

— J'ai bien un virement d'Allemagne, une entreprise de déchets ménagers semble-t-il…

— Semble-t-il ?!

— J'attends l'info…

— Vous l'attendez ? En faisant quoi ?! Et les dépenses ?

— Que du banal. Matériel de peinture, matériel informatique, un peu de resto.

— Vous n'avez pas retrouvé cette entreprise allemande sur les listings téléphoniques ?

— Je m'en occupe…

— Vous vous en occupez ?! Vous l'avez retrouvée ou pas ?!

— J'ai besoin d'une vérification…

D'accord. Un : le management est un rapport de force. Deux : la légitimité de ma position hiérarchique est minée. Petit *a* : par mon sexe d'appartenance – et par mon âge. Petit *b* : par le travail de sape de Pucheu – pour quelle raison ? reprendre le petit *a*. Petit *c* : par la poubelle entachée de cadavre devant la librairie de mon mari et les sous-entendus y afférant. Trois : mes subordonnés font preuve de déloyauté à mon égard. Quatre : cette déloyauté mine ma position hiérarchique déjà diminuée (voir un, deux et trois). Cinq : il est plus qu'urgent de rétablir mon autorité, la légitimité de ma position hiérarchique et donc le rapport de force.

Je me lève. En langage animal, c'est mieux. Ils se sont assis en attendant, désormais c'est moi qui suis debout. Je pose les mains très à plat sur mon bureau, buste légèrement penché vers l'avant, attitude combative. Je les regarde l'un après l'autre :

— Je vais être très claire. Des objectifs de résultats nous ont été assignés par le directeur Pucheu. Je ne crois pas me souvenir qu'il ait prévu d'exception dans ce domaine. Je ne crois pas me souvenir non plus que le traitement par-dessous la jambe d'une enquête ait jamais abouti au moindre résultat. Or cette femme est morte. Vous avez – en appuyant sur vous – une obligation de résultats à son égard et une seule : qui ? quand ? comment ? pourquoi ? Je veux des réponses ce soir. C'est tout pour le moment.

Plus froid, tu meurs. Management par la face nord de l'Everest. Ils ne m'ont encore jamais vue comme ça. Management fond de slip. Je viens de mettre en évidence mes deux couilles sur la table. Ils ont vu que j'en ai. Je reste debout les mains à plat sur le bureau jusqu'à leur départ. Dernière piqûre de rappel avant qu'ils aient franchi la porte :

— Ce soir, 19 heures.

Le chef doit être précis. Le chef doit être clair. Les attentes du chef ne peuvent souffrir ni défection ni retard.

Ils sont sortis, je me rassieds, ma main tremble légèrement. Application du principe de Peter et son corollaire : "Avec le temps, tout poste sera occupé par un incompétent incapable d'en assumer la responsabilité." J'ai mangé mon pain blanc. Les loups sont lâchés. Management par la meute. Les loups sont organisés en cellules familiales où règne une hiérarchie bien définie. Le couple dominant (mâle et femelle alpha) dirige les activités vitales de la meute, occupe le haut de l'échelle, suivis de près par le mâle bêta. Le bêta, qui tient le rôle de vigile, s'applique à détourner les dangers potentiels des alpha. Viennent ensuite les gamma qui reçoivent les instructions émises par le couple alpha, *via* les bêta. Fonction principale des gamma : créer l'illusion du nombre. Les plus subordonnés sont parfois expulsés de la meute. Celle-ci comprend des membres spécialistes, prédateurs, nourrices et, les plus malheureux d'entre tous, souffre-douleurs et boucs émissaires, les oméga... Essentiels à la survie de la meute, les loups oméga désamorcent la tension et c'est sur eux que converge toute l'agressivité de la meute... l'oméga se révèle indispensable pour apaiser le stress de ses congénères et rétablir l'équilibre... Il n'est pas rare, au cours du repas, de voir un oméga écarté de la carcasse. Un tel comportement permet aux individus de haut rang de changer de position autour de ladite carcasse, sans devoir se battre...

Très clair. Mon choix était limité : alpha ou oméga. Plutôt mourir. Ou démissionner avant, mais froidement, à l'heure dite par moi, et le ventre plein.

*

Mon application du principe de management par la face nord de l'Everest devait leur parler plus que le reste. A 15 heures, Klumps m'apportait l'information : un contrat passé entre une usine allemande de traitements des déchets ménagers et la peintre, pour un tableau monumental dans le hall du nouveau siège de l'entreprise :

— Le patron est grand amateur d'art. Elle est morte avant d'avoir fini. La livraison était prévue dans cinq semaines.

— Vous parlez allemand ?

— Ma langue paternelle, pourquoi ?

— Simple information. Qui gérait les contacts avec Hortense Majera ?

— Le patron, Johannes Adams.

— Vous avez parlé avec lui ?

— Il ne rentre que ce soir, visiblement personne n'était encore au courant. Je peux lui parler si vous y tenez, mais...

— Mais ?

— L'Adams Geschäft est une énorme entreprise, j'imagine assez mal...

— Il ne s'agit pas d'imaginer. Il était où la semaine dernière ?

— A Paris.

— D'accord... Et maintenant, il est où ?

— A Paris jusqu'à ce soir si j'ai bien compris, je peux le rappeler à 19 heures.

— Il est à Paris ?! Vous rappelez immédiatement, je veux le joindre dans l'après-midi !

Il me regarde. Il hésite. Moi loup bêta. Toi gamma. Ta fonction principale est de créer l'illusion du nombre ; la mienne est de t'imposer la discipline. Je garde les yeux rivés sur les siens.

— Je m'en occupe.

— Maintenant ! Je veux son numéro de portable là, maintenant, tout de suite !

— C'est évident.

Johannes Adams était en route pour l'aéroport. Pour une fois, j'avais de la chance.

— Monsieur Adams, commandant Partouche de la brigade criminelle à Paris, vous parlez français je crois.

— *Bitte ?*

Je répète.

— Vous devez faire erreur.

Mais comment donc... Je répète une troisième fois. Cette fois je ne le laisse ni répondre ni réfléchir ni raccrocher, j'ajoute d'un trait :

— Hortense Majera, le nom vous dit quelque chose ?

Silence d'un quart de micro-seconde, puis :
— Exact.
Bien joué. Partenaire à la hauteur. Je dis donc qu'elle est morte et que c'est un homicide. Paire de rois.
Réponse :
— Désolant.
Petit jeu. Je connais. On me l'a déjà faite.
— Mlle Majera travaillait pour vous, n'est-ce pas ?
— En effet mais je…
— Je ne veux pas vous faire perdre votre temps, monsieur Adams, vous avez bien rencontré Mlle Majera la semaine dernière, n'est-ce pas ?
— En effet mais…
— C'était samedi, je crois…
— J'arrive à l'aéroport. Au revoir madame.
— Je vous rappelle à 19 heures.
Il raccroche. J'appelle Klumps. A mon bureau tout de suite.
— Adams a vu Hortense Majera samedi.
— Ah… vous…
— Je le rappelle à 19 heures. Vous me trouvez tout ce que vous pouvez sur lui d'ici là. Je veux savoir s'il fume des cigares et lesquels. Je veux une photo. Je veux savoir si on l'a vu au 37 *bis* et autour. Où se situe l'entreprise ?
— Francfort.
— Charmante bourgade. Soyez gentil, ne perdez pas de temps.

Il sort, j'appelle Pujol, je lui donne l'information.
— Vous saviez qu'il était allé chez elle ?
— Non, mais c'est ce que je voulais savoir.
Il décroise ses jambes, sourit un peu.
— Je veux savoir ce qu'elle avait dans son frigidaire, dans son placard et sur son évier.
— Je vous apporte ça tout de suite.

Il revient avec une liste.

— Deux verres et deux tasses propres à côté de l'évier, une sale dedans ; c'est au labo. Un saucisson entamé et deux bières dans le frigo.

— Et dans la poubelle ?

— Des Kleenex, deux canettes, des peaux de saucisson, un sachet vide de cacahuètes.

— Et son ordinateur ?

— Vous voulez dire…

— On sait ce qu'elle a fait samedi sur son ordinateur ?

— En fait, je…

— Oui…

— On n'a pas eu le temps.

— Pour les priorités, vous n'avez pas le temps ?!

Il vient de recroiser ses jambes, remonte ses lunettes.

— Nous sommes sur trois affaires en même temps.

— Je m'en fiche ! Règle n° 1 : copier le disque dur !

— Je suis désolé, c'est ma faute, je m'en occupe tout de suite.

— Je vous souhaite que personne n'ait eu la bonne idée de toucher à un fichier avant vous !

— Je suis désolé.

— J'ai compris.

Manuel de management par la terreur, page 5 : réduire les effectifs au sein des équipes, augmenter les exigences de résultats, dénoncer l'incompétence desdites équipes en cas de manquement auxdits résultats. J'avais le droit aussi de me l'appliquer. Je n'étais pas obligée.

J'ai rappelé Hans à tout hasard. Après m'avoir écoutée, il a dit : “Il gère des incinérateurs et elle peint des chambres à gaz, n'est-ce pas ?” L'intelligence vue sous l'angle du raccourci, chez Hans c'était une spécialité et une forme d'excellence.

— Chez certains de nos concitoyens, le passé historique n'est toujours pas digéré. Ça ne m'étonne pas du tout. J'ai vérifié après votre appel, j'ai en effet vu cette exposition il y a quelque temps. C'était un peu pénible je dois dire, mais il faut bien, n'est-ce pas. Le nom d'Adams me dit quelque chose, je vais chercher de ce côté. Et elle était juive évidemment ?

— Pas que je sache.

— Ça aurait été plus rigolo.

— Vous vous souvenez des tableaux ?

— Ah oui, très grands, très gris, très bien faits. Très tristes aussi je crois. Les chefs d'entreprise aiment bien se faire passer pour des amoureux de l'art. Chez nous c'est très… comment dites-vous en français ?

— Prisé ?

— Exactement. Je vous rappelle dès que possible.

Alors d'où venait cette solitude ?

*

Plantin a posé un cappuccino cacao sur mon bureau. Il avait encore sa veste sur le dos, a fermé la porte.

— Ça n'a pas été facile. Cette femme est un iceberg.

— Elle n'a donc pas déménagé ?

— Ça va être très compliqué.

— Je t'écoute.

— Graziela travaillait bien à d'Ornano de temps en temps…

— Et Latortue ?

— Si vous pouviez éviter de me couper la parole, ça m'arrangerait. A d'Ornano, Graziela avait un statut un peu à part d'après Latortue, des clients un peu à part, vous voyez…

Je fais non de la tête.

— Disons pour aller vite qu'elle était employée plutôt aux basses œuvres.

Je ne dis toujours rien mais montre que je n'ai pas compris.

— Enculage, suçage et fouettage. C'est plus clair comme ça ?

Cette fois, je hoche.

— Il y a eu un problème. Ne m'interrompez pas. Graziela s'est plainte de certaines pratiques qu'on lui faisait subir, Belove Latortue lui a conseillé d'arrêter. Sa phrase exacte était...

Il ouvre son carnet :

— "En croyant lui rendre service, je lui ai fait vivre ce qu'il pouvait y avoir de pire pour elle. J'aurais dû me douter qu'elle n'était pas de taille. J'ai déjà eu l'occasion de vous le dire : on est payées très cher mais il faut savoir pourquoi." Seulement, Graziela ne s'est pas contentée d'arrêter, elle est retournée au Bois, et a décidé de se venger en racontant ce qui lui était arrivé.

Je bous d'impatience.

— Elle a montré son dos à une de ses collègues qui en a parlé à une de ses collègues qui en a parlé entre autres à un de ses clients. Et elle a dit qui le lui avait fait.

— C'est qui ?

Je n'ai pas pu m'en empêcher. Il me foudroie du regard.

— Si je le savais, je vous le dirais. Ce n'est pas fini. Quelqu'un, j'ignore qui, a voulu punir Graziela. D'Ornano n'existe que parce que personne n'en parle. Il y a trois semaines, un soi-disant client a embarqué Graziela, lui a bandé les yeux et l'a emmenée en banlieue, c'est du moins ce qu'elle a cru comprendre du trajet qu'on lui a fait faire. Elle a été soumise à des viols collectifs dignes des plus tarés. Un message pour qu'elle se taise. Comme Belove Latortue n'avait plus de nouvelles et que personne ne l'avait vue au Bois depuis plusieurs jours, elle s'est inquiétée. Elle a fini par la retrouver planquée chez une de ses collègues du Bois à l'état d'épave. Belove Latortue se sentait responsable. C'est le seul point positif. Elle se sent une dette vis-à-vis de Graziela.

— Ensuite ?

— Vous ne pouvez vraiment pas vous en empêcher ! Elle a voulu la faire soigner, Graziela a refusé. Elle ne se levait plus. Belove Latortue a fait venir un médecin qu'elle connaissait, mais Graziela refusait de se laisser toucher. Alors elle a voulu la mettre dans une clinique. Rien à faire. Graziela a seulement accepté de se bourrer d'anxiolytiques. Belove Latortue pensait que le temps allait arranger les choses, elle avait prévu de l'envoyer chez quelqu'un qu'elle connaissait dans le Midi.

— Et, elle, elle allait toujours à d'Orn…

Je ne finis pas ma phrase. Ma porte s'est ouverte, Pucheu est sur le seuil. Son costume est parfait, la tenue de ses cheveux coupés court au gel léger, le brillant des bouts pointus de ses chaussures en veau d'Italie. Visage étrangement lisse. Il paraît que la cocaïne les fait se sentir sûrs d'eux. Trop.

Plantin s'est retourné, nous pensons peut-être à la même chose. Le jeune dogue nous regarde. L'air change, se fissure.

— Je vous dérange peut-être ?

Il nous voit le regarder. S'agit-il encore de regards ? De bien autre chose peut-être. L'air remonte jusqu'à ma gorge. Je ne bouge pas. Je n'ai pas pensé à répondre.

— Bien, puisque je ne vous dérange pas.

Il s'avance, Maxime a refermé son carnet, je le vois repousser sa chaise :

— Je reviendrai plus tard.

— Vous êtes sur l'affaire du 11e, Plantin ?

— Oui, monsieur.

— Du nouveau ?
— Ça avance.

Maxime referme la porte derrière lui. Depuis son arrivée à la tête du service, ça doit être la troisième fois que Pucheu entre dans mon bureau.

— Je passais par là, commandant, j'ai pensé que vous aimeriez être informée de la suite de notre enquête sur le travesti.

Il prend la chaise et la recule un peu.

— Votre mari n'a évidemment rien à voir avec tout ça.

J'attends.

— Je voulais vous apporter moi-même cette bonne nouvelle. Il s'agissait vraisemblablement d'un hasard fortuit, une simple coïncidence, c'est, je crois, la conclusion à laquelle nous aboutirons bientôt. Mon intime conviction est que nous avons affaire à un simple règlement de compte dans le milieu incertain de la prostitution et, j'insiste sur ce point, rien, absolument rien ne peut faire penser, en l'état actuel de nos connaissances, que vous ayez été visée d'une quelconque manière. Vous m'en voyez ravi.

Il écarte les jambes, plaque brutalement son dos contre la chaise. L'information se fraie lentement un chemin entre mes transmetteurs neuronaux.

— C'est une bonne nouvelle, n'est-ce pas ?

Je réponds "excellente" dans le seul but de gagner du temps, laisser l'information trouver sa traduction en langage clair. Ça y est presque, je le sens.

— Et ne voyez pas là…

Je tends l'oreille…

— … la manifestation d'une volonté quelconque de ma part de vous tenir à l'écart d'une situation potentiellement nuisible…

J'y suis presque, continue Pucheu, finis ta phrase.

— … non, je n'agis pas dans le but de vous tenir à l'écart ; de fait, vous n'avez tout simplement rien à voir avec tout ça. J'ai pensé que vous apprécieriez de le savoir.

Ça y est, j'y suis.

Sans même le savoir, je me lève, je tends la main vers lui, je dis "Merci, directeur" ; il prend, surpris, ma main, il est obligé de se lever. Je viens de mettre fin à l'entretien.

J'attends qu'il ait refermé la porte, ma main tremble légèrement ; le puzzle est à peu près terminé. Pucheu est venu m'endormir. En m'annonçant que je n'avais rien à voir, il éteint ma curiosité. La messe est dite, l'affaire classée : règlement de compte dans le milieu incertain de la prostitution. Je viens de me faire avoir. Pucheu possède mentalement trois longueurs d'avance sur moi. Ce que je sais de lui n'y change rien ; il serait capable de le retourner contre moi.

Je suis écrasée dans mon fauteuil. Loup oméga, ma pauvre Régine. Pour goûter à la carcasse, tu repasseras. Je suis écrasée dans mon fauteuil. Ce type sait exactement ce qu'il fait. Erreur : ce qu'il *me* fait. Il a raison. Je ne suis pas de taille. Trop de couscous poisson et pas assez de rottweiler dans mes gènes. J'ai toujours tellement voulu que la brise du matin chargée de parfums d'orangers annonce des jours heureux, que *Peace & Love* mon frère, que Woodstock, que *Let it Be*, que *Imagine*. J'ai pourtant été prévenue très tôt, le corps déchiqueté de Mme Boutraf, en plein printemps chargé de jasmin sous les arbres frémissants de l'avenue Didouche-Mourad, n'avait pas d'autre fonction. Me prévenir. L'existence, dans sa grande sagesse, s'y est prise suffisamment tôt, en voulant que mon jeune esprit accueille d'emblée la réalité dans son intégralité foudroyante. Une façon de m'enseigner le cours réel des choses, me préparer à l'avenir, m'enseigner le grand "c'est ainsi" de l'existence, son implacable leçon. C'était un présent et je l'avais refusé, un cadeau, une offre accompagnée du seul message qui vaille : c'est à ça aussi que tu auras affaire.

Si, au lieu de me détourner, j'avais accepté de croire, si, au lieu de vomir mon déjeuner et pleurer jusqu'au soir, j'avais regardé ce qu'on m'offrait, j'aurais été flic peut-être, mais Pucheu ne m'aurait pas fait peur. La morgue de Pucheu. Sa froideur. Aussi terrifiantes l'une que l'autre parce qu'elles ne laissaient aucune prise à ces sentiments de bienséance que jusque-là j'avais cultivés comme des roses en plein charnier. Pucheu avait renoncé depuis longtemps à nos bons sentiments. J'avais cru pouvoir me tenir à l'écart des ordures, erreur, mauvais diagnostic. J'aurais perdu moins de temps en apprenant d'emblée la leçon. Et je n'étais pas la seule, nous étions des milliers, détournant les yeux, nous bouchant le nez tandis que d'autres apprenaient à nager en eau trouble. A nouveau, ils se multipliaient et ça n'avait rien d'une génération spontanée, bien au contraire, tandis que nous dormions à l'abri de nos rêves, ils affûtaient les leurs et tant pis si, pour nous, c'étaient des cauchemars. Ils les poursuivaient avec la longueur d'avance des réveillés sur les assoupis. Nous avions voulu éviter de voir pour éviter le combat, ils le savaient, nous connaissaient assez pour ça. Il était normal de les retrouver aux postes de commande, ils avaient fait ce qu'il fallait pour ça, changé les règles en leur faveur, éliminé celles qui les entravaient. La voie était royale, nous leur avions fait un boulevard ; pendant que nous chantions aimons-nous les uns les autres, ils creusaient leurs tranchées, montaient leurs miradors, déroulaient leurs barbelés. La vie m'avait pourtant prévenue.

J'ai demandé à Plantin de me rejoindre dès que Pucheu a quitté le bureau, je lui ai fait part de son "message". Il a dit "Je vois". C'était peu, mais adéquat. J'aurais bien aimé savoir sous quelle forme il avait reçu la leçon lui aussi ; je savais qu'il y avait eu droit, mais comme moi sans doute n'avait pas voulu l'apprendre, pas en entier, en tout cas, ça m'a touchée ; j'ai donc dit :

— Pucheu est très fort.

— C'est pour ça qu'il est directeur. Qu'est-ce que vous avez l'intention de faire ?

— Appeler Vrémont.

— Vrémont ?!

— Il connaît tout ça par cœur. Je n'ai pas le choix, soit j'avale la pilule et Darnando nous trouvera un coupable idéal ou aucun, et l'affaire sera classée. Mais si je ne lâche pas le morceau, je me lance dans un combat peut-être perdu d'avance, et au nom de quoi ? La vérité sur le meurtre de Graziela ? Les égouts queutards de la République ? La présence d'une poubelle devant la librairie de Georges ? Est-ce que le jeu en vaut la chandelle ?

Je l'ai interrogé du regard, il s'est contenté de hausser vaguement les épaules. J'ai repensé à Pucheu, jambes très écartées devant moi, dos plaqué contre le dossier de ma chaise.

— Je ne suis pas certaine d'être de taille.

— On le sait rarement à l'avance.

— Tu en penses quoi ?

— Je comprends que vous hésitiez. Je peux parler à Blancard si vous voulez, essayer de tâter le terrain, voir ce qu'il en pense.

— Pourquoi pas…

— Vous voulez savoir ce que j'allais dire avant que Pucheu n'intervienne ?

— Bien sûr… excuse-moi, j'avais oublié.

Prise en faute à nouveau. “Lâchez prise, madame Partouche, vous ne pouvez pas toujours tout ni vous contrôler.”

— La seule personne capable d'établir le lien entre Belove Latortue et Graziela est précisément Pucheu.

— Qu'est-ce que tu racontes ?

— Pucheu suit de très près l'enquête, n'est-ce pas ? vous l'avez souvent vu intervenir à ce point ?

— Et alors ?

— Admettons que Pucheu ait commencé à fréquenter d'Ornano après avoir été nommé ici, ça semble cohérent, sa fonction était devenue suffisamment importante. A d'Ornano, on peut imaginer qu'il a vu Belove Latortue, éventuellement Graziela, et…

— Baffart…

— Exact.

— Je suis tombée dans un piège ?

— Possible. Cela dit, si Graziela n'avait pas parlé, rien de tout ça ne serait arrivé.

— Je pourrais difficilement lui en vouloir… Si on laisse tomber, ils continueront leurs petites affaires tranquillement et c'est pour ça qu'il est venu.

— Mais si vous faites quelque chose, ça peut vous coûter plus cher que vous ne le souhaiteriez.

— Comme quoi ? Mon poste ? A mon âge, ce n'est plus très grave. Je peux aussi démissionner. Mon mari ? Je ne vois pas comment. Reste mon fils. Victor s'est lancé dans des activités, disons, contestataires, qui pourraient…

— Attendez, il n'a tué personne… il a saboté des voies ferrées ?

— Pas que je sache. Mais, dis-moi, ils n'ont pas de suspect pour l'instant. Pas de suspect, donc pas de procureur et pas de juge ?

— Je peux vérifier avec Claire… je vois à peu près où vous voulez en venir.

— Pour l'instant, ils sont donc parfaitement tranquilles.

— Le labo va quand même finir par envoyer des résultats…

— Et alors… Qui s'en occupe dans l'équipe ?

— Lopez…

— Lopez, dit papatron-m'a-dit, alors ils ne risquent rien. Bien joué. J'ai demandé à Magali de voir ce qu'elle pouvait découvrir sur le cigare trouvé chez Hortense Majera, je pourrais essayer de savoir ce qu'elle a pu trouver dans la poubelle. Je dirai que c'est en souvenir de l'affaire Justine Blanche…

— Il vaudrait mieux que j'y aille, vous ne croyez pas ?

— Si tu veux.

Je lui ai dit aussi ce que j'avais appris sur Johannes Adams.

— Le fait qu'il l'ait vue le jour même ne prouve rien.

— Peut-être, mais c'est tout ce qu'on a pour l'instant.

Il a vaguement haussé les épaules :

— Je vais au labo.

Arrivé à la porte, il s'est retourné :

— Et pour Graziela ?

— Essaie de voir Blancard, j'appelle Vrémont.

— Vous le saluerez bien de ma part…

— Il sera ravi…

— Cela dit, si j'avais su qui le remplacerait…

— Il était très chiant, je te l'accorde, mais, comme on dit aujourd'hui, c'est un républicain.

*

Une demi-heure plus tard, Hans Eichler me rappelait.

— Johannes Adams occupe une position non négligeable à la CDU de Francfort. Extérieurement inattaquable, effectivement grand amateur d'art, pas marié, pas d'enfant, *a priori* pas homosexuel non plus.

— CDU, quelle tendance ?

— J'allais le dire, chère commissaire ; droite dure sans être extrême.

— Pourquoi a-t-il fait appel à elle pour son tableau, dans ce cas ?

— Je me pose la même question – et pourquoi a-t-elle accepté ?

— Elle ne savait peut-être pas à qui elle avait affaire.

Je lui ai parlé de sa présence chez elle le jour de sa mort.

— Vous en êtes sûre ?

— Il n'a pas dit non.

— Ce n'est pas assez !

J'ai parlé aussi du cigare.

— Et qu'est-ce je peux faire avec ça ? Cet homme n'est pas un criminel, je n'ai pas de fichier sur lui.

— Je comprends.

— Je veux bien aider si je peux mais la loi est la loi, heureusement !

— Ce n'est pas grave, merci de votre aide en tout cas, Hans.

— Si j'ai plus, je vous dirai.

Restait la solution du procureur, le convaincre de nommer un juge d'instruction, obtenir une enquête préliminaire en bonne et due forme, une audition. Autant rêver. "Et c'est tout ce que vous avez pour demander l'audition d'un chef d'entreprise allemand ?" Retour à la case départ.

Je suis retournée voir Klumps. Personne. Je l'ai appelé, il sortait du 37 *bis*. Adams avait bien dîné samedi avec Hortense Majera au bistro de la rue où elle avait ses habitudes ; d'après le patron, la discussion était animée, pas très cordiale ; ils n'étaient pas restés très longtemps. Ils étaient peut-être déjà venus ensemble quelques semaines plus tôt mais il ne pouvait pas le jurer.

— Qui a payé ?

— Lui, j'ai la facturette.

— Bravo. Et à part ça ?

— Le samedi soir, le 37 *bis* est à peu près vide, ce ne sont que des ateliers, personne n'a rien vu ni entendu.

— Mais, dis-moi, le patron du bistro pourrait essayer de retrouver un dîner précédent avec la facturette ?

— OK, j'y retourne.

— Merci Klumps.

Pujol aussi avait accéléré le mouvement. L'ordinateur avait bien été utilisé le samedi soir mais essentiellement sur les pages du site d'Hortense Majera, là où elle stockait ses vidéos de travail. Il avait aussi retrouvé une copie du contrat et des mails échangés avec Adams.

— On a de la chance, elle gardait absolument tout.

— Je voudrais que tu vérifies si Adams est venu il y a quelques semaines. Et personne n'est intervenu depuis samedi ?

— Pour le savoir, j'ai besoin d'aide.

— Le service informatique est là pour ça.

— Je sais.

— Tout de suite, je rappelle le suspect à 19 heures.

— Le suspect ?

— C'était une façon de parler.

— J'ai compris, c'est comme si c'était fait.

Est-ce que vraiment mon coup de gueule avait changé la donne ? Si oui, pourquoi ?

J'ai pris un Mars au distributeur. Si je fumais maintenant, j'étais cuite. Je suis retournée à mon bureau. Sur une feuille marquée "G", j'ai noté les noms impliqués dans le meurtre de Graziela ; j'ai rajouté en marge les initiales de Blancard et Vrémont. Sur une autre, marquée "H. M.", la date de samedi, le nom de l'industriel, une flèche vers la droite : Magali, une autre vers la gauche : Hans. C'était très peu.

*

Je n'avais pas assez de biscuit pour rappeler Johannes Adams comme prévu à 19 heures, sauf un : la nécessité, lui montrer que j'étais là. Mon alarme de gauche avait beau me dire que rien ne prouvait son implication, que j'avais déjà fait ce genre d'erreurs, que tout mettre sur le même cheval risquait de me faire passer à côté d'un suspect plus important, mon alarme de droite ne s'éteignait plus, n'en démordait pas, ce type avait quelque chose à voir dans l'histoire.

A 19 heures tapantes, j'ai appelé. S'il avait quelque chose à se reprocher, il serait là. Il était là, glacial :

— Je vous accorde cinq minutes.

Mes notes étaient prêtes.

— Pourquoi avez-vous vu Mlle Majera samedi ?

— Nous avions des affaires à régler.

— Votre dernière entrevue avec Hortense Majera s'est assez mal passée, d'après certains témoignages. Pour quelle raison ?

Silence, il enregistre l'information.

— Cette personne ne respectait pas notre contrat. Elle était très en retard pour la livraison du tableau. Je lui ai dit plusieurs fois. Elle a interrompu notre confiance.

Adams est un homme intelligent. Un homme intelligent ne nie pas l'évidence. Il me donne ce que je veux pour gagner du temps.

— Vous êtes remonté à l'appartement ensuite ?

— C'est elle qui a demandé.

— Vous fumez des cigares, monsieurs Adams ?

— Commes tous les Allemands et beaucoup d'autres dans le monde.

— Vous avez fait quoi ensuite ?

— Dormi, madame, dans mon hôtel.

— Vous avez tué Hortense Majera, monsieur Adams ?

Bref silence. Un écart.

— Je croyais la police française plus sérieuse.

— Répondez à ma question, elle est très simple.

— Non. Bien sûr non. Je n'ai pas fait ce que vous dites.

— Vous auriez pu.

— Je croyais la police française plus sérieuse et plus… compétente.

— Pourquoi avoir choisi Mlle Majera ?

— Un ami me l'a présentée, elle correspondait à ce que je cherchais.

— C'est-à-dire ?

— L'art contemporain, c'est ma passion. L'avant-garde. Je croyais que c'était une personne sérieuse.

— Vous lui avez commandé un *Arbeitslager* pour votre nouvelle usine ?

Nouvel arrêt, il me soupèse.

— Je ne suis pas stupide.

— C'est pourtant ce qu'elle peignait.

— Ce n'était pas pour moi ; c'est ce que je dis, cette personne n'était pas sérieuse, elle profitait de mon argent.

Je me souviens de la “CDU tendance dure” de Hans. Pile-poil.

— Il vous reste exactement deux minutes.

Un instant l'image d'une montre posée devant lui. Il doit être capable de ça.

— Que peignait-elle pour vous ?

— Les ouvriers de l'usine. Un portait de groupe ; j'avais sollicité un photographe chinois de renom, ce sont des spécialistes, mais il n'était pas disponible.

Mlle Majera était une autre option. C'est pour ça qu'elle m'avait été présentée. Je crois que maintenant nous avons fini, n'est-ce pas.

Mon alarme de droite clignotait toujours ; encore quelques secondes à grappiller.

— Mlle Majera travaillait surtout sur les camps de concentration, je crois.

Je l'entends rire. C'est très froid.

— Elle ne vivait pas avec ça. Les artistes aussi ont besoin d'argent. L'art ne suffit jamais. La conversation est maintenant terminée. Je n'ai rien caché. Cessez de m'importuner. Mlle Majera m'a fait perdre beaucoup d'argent et de temps déjà. J'ai dit ce que je savais. Adieu madame.

Il vient de raccrocher. J'ai avancé, je le sais. Il ne m'a posé aucune question. Il était là pour se défendre. Il sait le faire. Les deux dénégations étaient parfaites. Très opportunes. Je range mon carnet, c'est l'heure de mon rendez-vous ; je suis assez contente de ce coup de fil.

*

J'avais appelé Vrémont chez lui dans l'après-midi. Amabilités d'usage, mais il me connaissait :

— Je présume que vous ne m'avez pas appelé dans le but de savoir comment je me porte…

— En effet, monsieur. Je voudrais solliciter votre avis.

— A quel sujet ?

— Je préférerais vous en parler de vive voix.

— Je présume que c'est urgent ?

— …

— Très bien : 20 heures vous convient ?

— Parfait.

— A 20 heures, donc.
— Il serait préférable de…
— Pas chez moi, d'accord… Le *café des Ors* ?
— Parfait.
— J'y serai.

Il m'attendait en lisant le journal dans un des box les plus reculés de la salle. C'était peut-être la première fois que je le voyais sans son costume ; j'avais face à moi un homme âgé en col roulé feuille d'automne irlandais, lunettes à monture d'écaille, et quelque chose de lui que je n'avais jamais vu encore, ou qui m'avait totalement échappé. Il avait vieilli semblait-il, mais avec un certain bonheur.

— Vous avez l'air en forme, directeur.

Regard par-dessus ses lunettes :

— Je n'en dirai pas autant de vous.

Double info. Un : il n'avait pas autant changé que ça. Deux : mon état se voyait à dix pas.

Le serveur s'est approché, j'ai commandé un double whisky.

— J'ignorais une telle habitude de votre part.
— C'est récent.
— Bien, je vous écoute.

Le poids des derniers jours, des dernières semaines, à moins qu'il ne s'agisse des derniers mois peut-être, est remonté d'un seul coup – parce qu'il avait dit “je vous écoute”, ou qu'il s'était penché vers moi avec attention ? Est-ce que j'en avais à ce point perdu l'habitude ? J'ai senti en tout cas l'urgence de prendre mon temps ; la digue n'était pas loin de rompre. J'ai dit :

— Est-ce que vous êtes pressé ? Je veux dire…
— Tout va bien, chère Régine, vous verrez, c'est inimaginable ce qu'on a comme temps tout à coup.

Mon ventre s'est aussitôt serré à l'idée de ce qui m'arriverait si je démissionnais, ce temps dont il parlait, si généreux – et ce que je serais tenue de faire pour le tuer.

Alors j'ai tout repris depuis le début. Depuis son départ. L'arrivée de Pucheu. Les nouvelles règles, les nouvelles équipes, les nouveaux bureaux, le nouveau management. Son sourire rétrécissait doucement. Je me suis arrêtée pour boire. J'ai dit :

— Nous nous modernisons.

— Je vois, je vois.

Il a eu la bonté de ne pas profiter de la situation pour mettre en avant ses anciens mérites ; cet homme avait effectivement vieilli. Qu'est-ce que ça fait de quitter le pouvoir ? Ne plus l'avoir que chez soi ou nulle part ? A lui, ça lui faisait quoi ? Est-ce qu'il avait sagement renoncé ? Douloureusement ? Avec soulagement ? La réponse n'a pas tardé :

— Ne m'en veuillez pas, chère Régine, si je vous parle du bonheur que j'éprouve chaque matin à ne plus mélanger à mon thé fumé des pilules contre le mal de dos, le mal de reins, et autres analgésiques et anti-inflammatoires. J'ai aimé ce métier, je n'en disconviens pas, mais l'heure de ma retraite est plus exquise encore. Si j'ai mal au dos désormais, c'est d'avoir prolongé mes parties de bridge ou d'échecs. Et la nuit, ah la nuit… je dors ! Je ne suis malheureusement pas surpris de ce que vous me décrivez. Certains frères m'avaient prévenu. Ne croyez pas que tout ceci me laisse indifférent. Nous sommes au contraire très conscients que ces dangers se développent actuellement.

— Dangers…

— Oui, ma chère. Les remparts que nos pères ont tenté d'ériger contre des dérives qu'hélas ils avaient eu à combattre si durement sont à nouveau attaqués les uns après les autres. C'est l'Histoire, ma chère, l'Histoire n'est faite que de ces allers-retours. C'est pourquoi je vous avais vivement et amicalement conseillé de vous joindre à nous.

— Vous n'êtes pas très optimiste !

— Je n'ai aucune raison de l'être. Ce que vous me rapportez nous revient également des magistrats, de la profession médicale et hospitalière, du monde de la recherche, de l'université ; un jour si ces dérives continuent, notre pays à nouveau ressemblera à ce qu'il fut en 1940. Sauf sur un point précis. Après 1940, il y eut 1942 et ce n'est pas à vous que j'apprendrai quelle catastrophe ce fut.

— Vous ne pensez tout de même pas…

— Non, bien sûr, l'Histoire ne refait jamais deux fois son lit dans la même rivière. En 1942, le tabou a été brisé, le pire franchi, nous pensions que la cuisante défaite de l'ordre noir interdirait pour longtemps tout franchissement de la ligne jaune, si j'ose dire. Mais c'était compter sans les fils. Les fils veulent laver l'honneur de leurs pères ou pour certains des pères de leurs pères et ils cherchent désormais à les reproduire.

C'était un peu sibyllin mais je comprenais à peu près.

— Les verrous sautent les uns après les autres, chère Régine. Ils reprennent un à un les ingrédients de ce passé que nous pensions aboli. Ils seront aussi difficiles à combattre que leurs pères et pour les mêmes raisons.

Il ne souriait plus. La barre sciait à nouveau son front en deux. Il a avancé sa main vers moi :

— Vous n'êtes pas venue entendre mes clameurs, n'est-ce pas ?

— En effet, monsieur.

Tout, autour de nous, baignait désormais dans un étrange silence, je n'entendais plus la rumeur du bar, quelque chose nous avait recouverts, éloignés, séparés peut-être de ceux qui pourtant autour de nous continuaient de boire et rire. Peut-être était-ce comme ça aussi en 1942, la voix plus sourde de gens se mesurant à cette étrange solitude qui depuis des mois les enveloppait davantage. J'ai pensé à Victor, à cette thèse qu'il avait tant de mal à poursuivre : *Déni de justice et déni de l'histoire dans le procès des criminels de guerre nazis en France : 1952-1962, les grâces présidentielles au secours de la Gestapo allemande en France.* Contrairement à moi, Victor allait au-devant de la leçon, allait lui-même la chercher dans les pages de l'Histoire. "Tu n'imagines pas le nombre de tortionnaires allemands de résistants français, devenus juges dans la nouvelle RFA. Juges… ou flics, hum hum." Mais Vrémont attendait que je parle. Il ne dirait plus rien de l'ordre noir ni de ses frères, il savait que je n'étais pas là pour ça.

Pourquoi est-ce que je ne savais pas comment m'y prendre ? Pourquoi était-ce si compliqué de lui parler de d'Ornano ? J'ai eu envie de renoncer, toutes ces ficelles m'ont tout à coup paru trop grosses, et cette histoire si peu crédible.

— C'est si difficile que ça ?

Evidemment ça m'a aidée, j'ai fermé les yeux, bouché mon nez, serré mon masque très fort et bloqué ma respiration, Dieu que je déteste les plongeoirs olympiques.

— Un peu. Vous vous souvenez peut-être de l'affaire de Justine Blanche, cette *escort girl* retrouvée dans une poubelle et à propos de laquelle une fuite dans la presse vous avait rendu furieux à mon égard*.

Cette fois, il sourit.

— Je me souviens en effet de vous en avoir tenue pour responsable dans des termes assez peu élogieux.

* Voir *L'Inconfort des ordures, op. cit.*

— La personne à l'origine de cette fuite, une travestie brésilienne du nom de Graziela Perção – fuite qui lui avait échappé de toute bonne foi –, a été retrouvée dimanche dans la nuit, morte, émasculée, dans un conteneur à ordures devant la librairie de Georges, mon mari.

Il me regarde par-dessus ses lunettes, la barre sépare nettement son front en deux.

— Ce n'est qu'un début…

Pourquoi m'est-ce si difficile à dire ?

— Graziela travaillait depuis quelques semaines dans un lieu si j'ose dire très bien fréquenté, boulevard d'Ornano…

Un de ses sourcils s'est imperceptiblement soulevé.

— … dont vous connaissez peut-être l'existence. Il s'agit pour aller vite d'un bordel de luxe où ont l'habitude de se retrouver quelques serviteurs de l'Etat.

— Je connais en effet son existence. Non pas personnellement, la nature m'ayant doté d'une épouse d'excellente compagnie, mais par ouï-dire en tout cas.

Je toussote, j'aborde le lacet à cent quatre-vingts degrés, le virage de Sainte-Dévote, le grand tournant des loopings ratés.

— Le directeur Pucheu fréquenterait parfois ce lieu depuis peu.

J'ai envie de me cacher sous la table, mes mains sont moites.

— Fréquenterait ?

— Fréquente, si l'on en croit les éléments rassemblés par Blancard – Régis, de mon équipe, vous vous souvenez de lui ?

— Je n'ai pas encore Alzheimer…

— Désolée monsieur. Régis est passé à la BRP après votre départ. Il a donc certaines informations.

— Je vois, je vois. Ecoutez, j'entends ce que vous dites bien sûr. Vos informations sont peut-être tout à fait valables, même si tout cela peut paraître un peu énorme, n'est-ce pas ? Et quand bien même tout serait exact, j'avoue ne pas très bien comprendre. Qu'attendez-vous de moi ?

J'entends l'imperceptible raidissement, je sais pourquoi, j'ai suffisamment fréquenté Vrémont. Vrémont appartient à la vieille école certes, mais école des directeurs néanmoins. A l'époque, j'avais évité de lui mentionner mon contact avec Marc-Alain Baffart et pour cause, il n'aurait pas apprécié. Respect des conventions de la République et de ses hiérarchies. Vrémont était franc-maçon et farouchement anti-bling-bling ; il tenait quand même à ce que chacun reste assis à sa place autour de la table.

— Je pensais que vous pourriez me conseiller sur la meilleure façon de procéder. Je sais que l'affaire est sensible, je comprends votre réserve, tout ceci peut paraître un peu énorme comme vous dites, le corps a néanmoins été retrouvé devant la librairie de mon mari et nous n'avons pas de raison de douter qu'elle travaillait à d'Ornano.

— Vous n'avez aucune preuve non plus, n'est-ce pas ? Aucune preuve formelle, j'entends.

— En effet.

— Et vous n'en aurez jamais à moins d'une perquisition vous permettant de retrouver des empreintes sur place ?

— Exact.

— Aucune preuve formelle non plus sur ce que vous avancez à propos de mon successeur.

— Non, monsieur.

— Et vous n'en aurez jamais non plus à moins de le prendre en flagrant délit et/ou de retrouver ses empreintes dans cet endroit, et, même dans ce cas, on aurait vite fait de vous répondre qu'il n'y a pas de quoi fouetter un chat dans le fait de retrouver quelques amis dans un salon également fréquenté par des femmes si professionnelles soient-elles.

— Je sais, monsieur.

— Le pouvoir a besoin de détente, ma chère enfant, et il en est ainsi depuis la nuit des temps.

— Je ne l'ignore pas.

— Je suis navré pour votre protégée brésilienne mais… Avez-vous au moins trouvé un mobile à ce meurtre ?

— Elle s'est plainte auprès d'anciennes collègues de certaines pratiques qu'on lui a fait subir boulevard d'Ornano, et a fait l'objet pour ça d'une expédition punitive.

— Cela n'explique pas le meurtre. Je suis désolé mais vous n'avez pas grand-chose, ma chère. Je conçois qu'il doit être pénible de vous sentir visée par l'endroit où cette poubelle a été découverte…

— Pucheu m'a récemment convaincue qu'il ne s'agissait que d'un fâcheux hasard.

— Je vois. C'est peut-être exact. Comprenez-moi bien, je me fais l'avocat du diable, chère Régine, je voudrais vous éviter certaines erreurs d'appréciation sur un dossier peut-être sensible en effet. Vous êtes bien venue me voir dans ce but, n'est-ce pas ?

— Oui monsieur.

— Admettons que vos présomptions soient fondées, allons même jusqu'à dire exactes – c'est possible, bien sûr, tout à fait possible, de tels lieux existent, il doit même se trouver quelque part la liste de ceux qui s'y rendent, mes amitiés pourraient sans doute me permettre d'en savoir davantage. Et puis ? Nous ne sommes pas en Amérique, la luxure fait ici partie de l'attirail autorisé du pouvoir. Vous avez bien vu les affaires récentes, on ne porte pas atteinte à un homme politique dans notre pays pour ses débordements privés ;

personne ne laissera jamais ce genre d'affaire émerger.

Je commençais à décrocher, je le voyais venir ; il s'en est rendu compte.

— Vous avez souvent réussi là où d'autres auraient échoué parce que vous êtes têtue, vous avez du mal à lâcher, je ne vous en fais pas le reproche, c'est chez vous une qualité professionnelle.

J'attendais le "mais", je le sentais poindre.

— Mais ne cédez pas à un inutile acharnement.

— Il ne s'agit pas d'acharnement, monsieur, je cherche simplement à établir la vérité.

— La vérité, ma chère, quelle vérité ?

J'ai envie de dire celle qui consiste à désigner le responsable d'un acte coupable mais je me tais.

— Que vaut-elle, cette vérité ? Est-ce la vérité ou votre vérité ?

Je crois que je commence à comprendre ce qui se passe.

— Mais vous disiez vous-même, tout à l'heure, que les verrous sautaient à nouveau, que 1940…

— C'était là un propos général, l'analyse d'un contexte historique, ne mélangeons pas tout.

— Je me contente de faire mon travail, monsieur. A l'origine, le mot vérité n'était que le contraire du mot erreur, je cherche simplement à ne pas commettre d'erreur, tout individu mort de mort violente a droit à ce que d'autres disent comment il est mort, quand, pourquoi et par qui.

— Je suis beaucoup plus réaliste que vous, ma chère. La société humaine est un chaos si on n'y maintient pas un ordre digne de ce nom.

— Désigner le responsable d'un acte coupable fait partie de cet ordre.

— Ça, c'est votre vision idéaliste des choses. La vision réaliste à laquelle je m'attache se posera la question de savoir si le responsable doit être désigné et, en d'autres termes, si sa désignation ira dans le sens de l'ordre ou du chaos.

Exactement ce que je craignais. Vrémont était en train de me décrire par le menu les raisons pour lesquelles j'avais poliment décliné son invitation à le rejoindre dans une loge. J'ai dit :

— Je comprends parfaitement vos raisons, monsieur.

C'était sec, il l'a entendu.

— La sagesse entend que le couvercle de la poubelle se referme une fois pour toutes sur Graziela. J'ai bien entendu. Je vous ai fait perdre votre temps, j'en suis navrée.

J'étais évidemment incapable de lui dire qu'il m'avait fait perdre le mien.

— Je ne veux pas vous retenir plus longtemps.

Il a rajusté ses lunettes, m'a regardée, un peu surpris quand même.

— Vous croyez que…

— Je ne crois rien, monsieur.

— Vous n'avez pas changé, ma chère, toujours aussi soupe au lait. Vous verrez, avec l'âge vous prendrez moins le taureau par les cornes, vous découvrirez même à quel point ça peut être inutile parfois.

Son lénifiant blabla commençait à me sortir par les oreilles.

— Je sais monsieur, à soixante ans je serai proche de la perfection ; j'envisage même de me mettre au bridge, figurez-vous.

Il a évidemment perçu l'insolente ironie.

— Vous vous attendiez à quoi, Régine ? Que je vous dise foncez, attrapez-moi tous ces imbéciles et mettez-les au trou ? Mais nous parlons de l'Etat ma chère. De l'Etat, pas de je ne sais quelle bande de voyous.

Je présume que j'avais les yeux écarquillés et les joues très rouges.

— Votre combativité vous honore, évidemment, les gens comme vous sont nécessaires…

— Vous me suggérez néanmoins de faire comme si je n'avais rien vu…

— Comme vous y allez encore une fois. Je vous suggère simplement, par expérience, et de la place où je me trouve, de ne pas vous casser les reins inutilement. Une poubelle s'est nichée devant la librairie de votre conjoint ? Cela vaut-il vraiment une lutte dans le désert ? Ces messieurs voudront continuer leurs petites affaires, n'en doutez pas un instant et, pour eux, vous n'êtes rien, Régine. Cette fois, ai-je été assez clair ?

— Lumineux, monsieur.

— Je tâcherai tout de même de me renseigner, sait-on jamais.

— Merci, monsieur.

J'ai sorti mon porte-monnaie.

— Laissez, c'est moi.

Je n'ai pas insisté. Je me suis levée, je lui ai serré la main, il a voulu la garder quelques secondes de trop mais j'ai fait en sorte de la dégager. Je ne le regardais plus. J'ai mis mon manteau. Je l'ai vu reprendre son journal.

La nuit était tombée, tout était atrocement humide et froid, Sun Tzu ne me servait à rien, je n'avais pas d'armée, je n'étais pas général, je ne le serais jamais.

J'ai eu envie d'un feu de cheminée, d'un listrac-médoc, de foie gras ; j'ai acheté une bouteille, je m'y suis raccrochée comme un pendu au tabouret qui le soutient encore, un pain à dix euros le kilo, des figues fraîches, du raisin muscat, un morceau de foie gras à cent euros le kilo, propension typiquement féminine à noyer le désespoir dans la compulsion bucco-porte-monnaitale.

Mon téléphone a sonné. C'était Plantin, il venait de voir Blancard, "Je pensais vous trouver au bureau". "Non, pourquoi ?" "M. Régis pourrait fournir un bon suspect." Langage codé. J'ai quand même dit : "Désolée, pas ce soir."

— Je pensais que ça vous intéresserait.

— Ça attendra demain.

Il n'a pas insisté. J'ai pris le métro. J'ai posé mes sacs sur la table. Georges a demandé :

— On fête quoi ?

— La chute du mur de Berlin.

— Excellente idée. Je débouche le vin.

— On fête aussi ta libération et la mienne.

— De quoi ?

— Pucheu est venu en personne m'annoncer que nous n'avions rien à voir avec la poubelle.

— Tu m'en vois ravi. Il a trouvé le coupable ?

— C'est le dernier de ses soucis.

— Maurice nous propose de passer le voir ce week-end.

— Excellente idée.

J'ai coupé mon portable, posé le foie gras sur la table basse, le pain à dix euros le kilo. Georges me regardait faire, il a eu la bonté de ne pas commenter, est allé chercher la bouteille et deux verres. J'ai allumé une bougie, j'ai dit :

— On va faire installer un poêle ou une cheminée.

— Bonne idée. J'ai trouvé ta surprise.

— C'est quoi ?

— Une surprise. Tu es d'astreinte le week-end du 15-16 ?

— Non. Je sais pas. Je m'en fiche.

— Alors tu réserves ton week-end. Quoi qu'il arrive.

J'ai commencé à lui parler de Vrémont.

— C'est génial que tu aies rapporté du foie gras.

J'ai compris, j'ai laissé tomber Vrémont. J'ai laissé tomber Hortense Majera, Graziela Perção, Paul Pucheu, Johannes Adams. Le vin était parfait, j'ai eu envie de revoir Hendaye, Boniface, la plage nue en hiver et les silhouettes tranquilles marchant emmitouflées sur le sable.

— Tu sais qui est la fiancée de Victor ?

— Pas du tout.

— Albertine Royant.

— Tu veux dire LA Albertine Royant ?

— Eh oui…

— Ce petit crétin m'impressionne de plus en plus… Tu l'as vu ?

— Rapidement.

— Tu as de la chance…

Plus tard, nous avons regardé la télévision. Le ministre de l'Intérieur renvoyait de jeunes Afghans déboussolés vers leur pays en guerre au mépris de conventions internationales que nos gouvernements successifs avaient signées, le nouveau président expliquait que les médias étaient seuls en cause dans la désaffection dont il souffrait, un médecin rwandais génocidaire bénéficiait dans le pays, depuis des années, de la protection de certains députés, un des principaux laboratoires pharmaceutiques, pour lesquels travaillait autrefois la nouvelle ministre de la Santé, venait de gagner des millions de dollars en fabriquant à des millions d'exemplaires un vaccin dont personne ne voulait. Nous avons changé de chaîne. Des Japonais venaient de lancer un jeu vidéo permettant de violer une jeune fille puis sa petite sœur et sa mère, “C'est très cool, on peut vraiment lui arracher sa culotte”, commentait un jeune Japonais ravi. Nous avons changé de chaîne. Des SDF américains recevaient cinq dollars pour être lancés dans des caddies dévalant des escaliers. Nous avons changé de chaîne. Une pétasse blonde décolorée se tortillait contre un garçon très niais dans une douche sous le regard d'une caméra insistante, tandis qu'en off une voix disait "C'est l'heure de la récréation on dirait pour le nouveau couple de *Secret Jardin*". Nous avons changé de chaîne. De jeunes Indonésiennes nourrissaient au biberon des bébés orangs-outangs menacés de disparition par la destruction systématique de leurs forêts et c'était l'espèce la plus proche de la nôtre qui allait disparaître si rien n'était fait. Nous avons éteint. Georges a mis un épisode de *X-Files* que nous n'avions pas encore regardé. Nous avons ouvert le canapé, posé près de nous les verres, la bouteille, le raisin et les figues. Plus tard, je me suis endormie.

4

LE MESSAGER DE MICHEL-ANGE

Dès que je me suis installée devant mon café, j'ai su que c'était la seule chose à faire et que c'était tout de suite ; le reste de foie gras sur le muffin grillé n'a pas entamé ma détermination, je connaissais cette spirale, ce bouillonnement ; j'ai avalé la dernière bouchée, filé sous la douche, attrapé un pantalon et mon manteau ; l'âge m'avait donné ça au moins, savoir quand c'est le moment, ne pas y déroger, me faire confiance sur ce point.

Je suis arrivée devant le 37 *bis*, il pleuvait ; pluie froide, rasante, comment des promoteurs avaient-ils pu envisager de détruire ça ? Est-ce que vraiment pour les rottweiler le passé devait être karchérisé jusqu'au dernier souffle – et duquel parlaient-ils, du leur ? Ils voulaient ne jamais avoir eu à téter de tétine, jamais de seins collés à leurs bouches ni de hurlement le soir pour ne pas avoir à s'endormir seuls ? Allées entre les bâtiments encore étroites comme au Moyen Age, bâtiments à colombages sublimes, tout le Paris travailleur des siècles passés était encore là – ou alors c'est peut-être ça qu'ils avaient voulu raser, cette marque, cette épaisseur dont nous avions tant besoin et qui leur faisait tant défaut.

L'atelier d'Hortense Majera était glacial. Ils avaient laissé la toile qu'elle était en train de peindre en équilibre sur un coin. Dessous, le dessin à la craie de son corps sur le parquet. Dix autres toiles attendaient, immenses. Il n'y avait pas un seul portrait de groupe. Quoique. Derrière un des tableaux en attente, deux autres, inachevés, montraient sur le premier un groupe d'hommes, sur le second un autre de femmes, mais les uns et les autres vêtus de tenues rayées, crâne rasé, le visage courbé. Des camps de travail. *Arbeitslager.*

A droite du premier, sur un bâtiment en fond, les lettres BMW et le sigle de l'automobiliste. Extermination par le travail. Sur le second, Siemens et son sigle étrangement proche d'une croix gammée. Ce que je cherchais était rangé dans un immense carton à dessin : des esquisses au crayon. Trois d'entre elles représentaient le même groupe d'ouvriers bien portants, souriants, en blouse, hommes et femmes. Une cheminée se dressait derrière eux dans l'esquisse la plus avancée des trois. Mais la porte de l'atelier s'est ouverte, un homme s'est arrêté sur le seuil et a dit :

— Qui êtes-vous ?

— Brigade criminelle. Et vous ?

— Léonard Levret. Mon atelier est à côté. J'ai vu la lumière.

Il a refermé la porte derrière lui.

— Qu'est-ce que vous cherchez ?

— Je ne sais pas exactement. Je cherche. Vous la connaissiez bien ?

— Assez.

Il regarde l'atelier, ses yeux en font tout le tour, s'arrêtent sur le tracé du corps à la craie.

— Elle était là ?

— Oui, sous le cadre.

— Sous le cadre ?

— Celui qui est posé à côté. Il a broyé sa trachée en tombant.

— Un accident ?
— Ça semble peu probable.
— Vous voulez dire… ?
— C'est matériellement assez peu probable qu'il s'agisse d'un accident. Vous êtes peintre ?
— Oui, mais…
— Donc vous pouvez imaginer que l'hypothèse de l'accident est peu plausible…
Je lui ai refait mot pour mot la démonstration de Plantin : pour que ce soit un accident, il aurait fallu que le cadre sur lequel elle travaillait glisse et qu'au même moment elle tombe – admettons puisque le cadre a glissé – mais il aurait fallu aussi que, au moment où le cadre glissait, il fasse une rotation de soixante degrés et atterrisse précisément sur son artère carotide.

Il me regarde sans bouger.
— Quelqu'un a tué Harmony ? Harmony !
— Vous semblez avoir du mal à y croire.
— Mais Harmony… enfin… mais… oui là, c'est totalement invraisemblable… ça ne tient pas du tout la route… Harmony ne peut pas, enfin ne doit pas…
Il se redresse tout à coup, c'est un de ces très beaux garçons qu'on dirait tombés d'un Michel-Ange, jetés par hasard sur terre par l'art lui-même pour nous effarer ; ses mains très longues essaient de rattraper quelque chose, passent dans ses boucles, sur son vieux jean, glissent un instant sur sa figure et disparaissent. S'arrêtent. Tout s'arrête. Il me toise presque, il est très grand :
— Qu'est-ce que vous me chantez là ?
— Pardon ?
— C'est une fable, vous m'inventez une fable…
— Je voudrais bien. Vous ne voulez pas vous asseoir ?
— Non, c'est impossible. Evidemment, je ne veux pas m'asseoir.

— Buvez un peu d'eau, au moins.

— Vous avez raison.

En deux très longues enjambées, il est à l'évier, ouvre le placard, en sort un verre et se sert au robinet. Tout semble lui être très familier. Il boit avidement.

— Vous connaissiez très bien Harmony Majera, n'est-ce pas ?…

— Harmony est mon amie. Harmony ne peut pas être morte. Harmony est une personne rare. Elle m'est chère.

Une autre enjambée et il s'affale sur un petit tabouret en bois recouvert de peintures séchées. Son long corps pend vers l'avant.

— Je suis effondré.

Ça dure une ou deux minutes. Il ne bouge plus du tout, secoue seulement la tête de temps en temps. Est-ce qu'il pleure ? Je m'approche, je dis "Je suis désolée" ; j'aime quand les Américains le font, c'est assez formel mais je leur donne raison. Nous ne le faisons que bien trop peu, ce n'est qu'un peu d'empathie. Il redresse la tête, dit :

— Vous ne pouvez pas savoir. Je ne peux pas imaginer qu'Harmony disparaisse, pas comme ça.

— Elle comptait beaucoup pour vous ?

— Pour moi, pour nous tous. Toujours là. C'est grâce à elle si nous sommes encore là, si vous l'aviez vue combattre ces barbares…

— Vous parlez des promoteurs ?

— Comme elle les toisait, comme elle était belle face à ces clochards…

— Certaines personnes avaient des raisons de lui en vouloir ?

— Et la tuer ? Mais c'est un très mauvais film. Je suis dans un très mauvais film. Elle… Elle aurait détesté ça.

— Est-ce qu'elle avait des problèmes ? Elle vous avait parlé de quelque chose ?

— Harmony ?! Un rire magnifique. Une grande tenue. Harmony ne laissait personne s'occuper de ses affaires.

— Je vois. Vous étiez au courant de son contrat avec un industriel allemand ?

— Ah bien sûr !

Il vient de se remettre debout.

— Un dégénéré !

— Que voulez-vous dire ?

— Un dégénéré, un fasciste. Ah oui, il lui avait commandé un portrait de ses ouvriers. Un travail comme nous aimerions tous en avoir, un beau travail, vous pensez, elle y était allée plusieurs fois, M. Adams payait rubis sur l'ongle, toujours un chéquier à la main. Mais Harmony avait douté. Là-bas, sur place, vous comprenez ? Bien sûr, il était de droite, ça l'avait fait hésiter mais il avait dit ce qu'il fallait. Il était un amateur d'art, l'art primait, conduisait son existence... Elle a beaucoup travaillé. Il était très difficile. Elle a recommencé plusieurs fois. Un jour, ça a commencé à l'ennuyer vraiment mais elle avait besoin de cet argent. Harmony ne peignait pas des cochonneries pour gagner sa vie, vous comprenez, elle aurait pu pourtant, on lui avait proposé plusieurs fois. Harmony gagnait le SMIC madame, parfois moins. Un jour là-bas, si j'ai bien compris, un des ouvriers s'en est plus ou moins pris à elle pendant une séance de pose, il s'est énervé.

— Elle parlait allemand ?

— Comme moi le coréen du Nord. C'était un problème. Quand cet homme s'est énervé, un contremaître est intervenu, elle s'est rendu compte que l'échange était dur. Elle est allée voir Adams pour lui demander ce qui se passait mais il l'a tranquillisée. Il lui a menti. Harmony sentait pourtant que les ouvriers la tenaient à distance, elle ne comprenait pas pourquoi. Elle a fini par en trouver un qui parlait anglais mais il n'a rien voulu lui dire. Un autre est venu la voir à son hôtel, le soir. Il a dit qu'Adams avait cassé tous ceux qui avaient essayé de faire un syndicat dans son entreprise, que sa prétendue organisation du travail était fasciste… et que… enfin… avec ses ouvrières…

— Abusait ?

— Oui, madame. Tous le savaient… Harmony est repartie le lendemain à l'aube.

— Ça remonte à combien de temps ?

— Peut-être trois semaines ou un mois.

— Et ensuite ?

— L'Allemand était fou de rage. Il voulait récupérer son argent.

— Elle ne voulait pas lui rendre ?

— Le rendre ? Elle avait déjà travaillé des semaines ! Harmony peignait dix heures par jour, y compris le dimanche.

— Vous saviez qu'il devait venir la voir à Paris ?

— Elle m'en avait parlé.

— Ça ne l'inquiétait pas ?

— Harmony se croyait assez forte. Je lui avais demandé si elle voulait que je reste quand il viendrait, elle avait ri… Je l'avais presque insultée en disant ça.

— Vous en avez parlé aux inspecteurs ?

— Je rentre d'Amsterdam.

Il se tourne à nouveau vers les toiles :

— C'est une faute terrible. Je n'étais pas là.

Il renfouit sa longue main dans ses boucles.

— Il l'a tuée ?

— Peut-être. Mais, sans preuves, nous ne pouvons rien dire.

— Ah, des preuves… des choses… des signes concrets ?

Je souris, il est d'ailleurs.

— Si nous voulons le faire arrêter, nous devons montrer à un procureur que nous avons l'arme du crime, des empreintes, un mobile, pas d'alibi, alors un juge d'instruction autorisera des perquisitions, des auditions, une garde à vue.

— Et vous n'avez rien...

— L'arme est là. Un suspect. Vous m'avez fourni un mobile et je sais qu'il est passé la voir à Paris ce soir-là.

— Alors vous avez tout...

— Johannes Adams est un industriel allemand. Je suis obligée de fournir des preuves plus persuasives que si c'était un maçon français.

— Ah... la lutte des classes... la défense des possédants. Pauvre chère Harmony, comment le destin peut-il se jouer ainsi des meilleurs d'entre nous ? Alors Harmony va disparaître, car bien sûr cet homme sera protégé.

— Ce n'est pas la seule issue ! Je suis précisément là pour ça.

— Ah oui, mais...

Il se remet debout, va vers les toiles, passe la main sur elles, je comprends qu'il les caresse, puis il se retourne vers moi, très sombre, un rien théâtral :

— Nous ne devrions jamais laisser le capital s'intéresser à notre travail, jamais, nous en avons parlé si souvent dans cet atelier. Le capital a broyé Harmony, voyez-vous. Alors...

Il s'arrête à nouveau, son visage est très triste ; Michel-Ange a bien fait de le concevoir, nous avons besoin des messagers de Michel-Ange quelle que soit leur durée de vie.

— Je vais vous laisser, vous avez du travail. Il est important que vous l'acheviez. Sa mémoire est entre vos mains, n'est-ce pas, prenez-en grand soin comme s'il s'agissait de la vôtre. Nous ne valons pas grand-chose, nous ne savons que peindre, humblement peindre, cela nous rend si inoffensifs.

Je l'écoutais parler une autre langue. Des gens soumis à une autre loi que la nôtre, ailleurs, dans un univers qu'eux seuls connaissaient et tentaient de nous faire entrevoir. L'exact opposé de Pucheu. Le tyrannique et le poétique. L'avide et le sobre, le grossier et l'illuminé. Cro-Magnon, Neandertal, toujours ce même fond de race ; pulsionnels avides et sans scrupules contre quête de l'humaine immortalité. Quarante mille ans plus tard, les premiers étaient toujours donnés gagnants. Michel-Ange comme Léonard ne pouvaient l'ignorer. Ils étaient toujours là pourtant, accueillant la quête. J'ai eu envie de le prendre dans mes bras et de poser un maternel baiser sur son front fiévreux. Je comprenais son chagrin, mais je me suis contentée de dire "Comptez sur moi pour mener cette enquête".

Il a seulement hoché la tête. Solitude des grands fonds et des univers inatteignables. A la porte, il s'est retourné :

— Si vous avez besoin de moi, je suis à deux portes. Même le soir. Il y a toujours du café.

J'ai entendu sa porte se refermer un peu plus loin et, quelques instants plus tard, une musique que j'ai reconnue aussitôt, Lou Reed, *Walk on the Wild Side.* Marcher sur le versant sauvage, ou farouche, ou éperdu.

J'avais trouvé ce que j'étais venue chercher.

*

Aussitôt au bureau, j'ai rappelé Hans. Cette fois, il a bien voulu m'écouter. Cette fois, je l'intéressais ; les éléments que je lui apportais sur Johannes Adams lui parlaient. Il a même dit avant que j'aie fini "Je m'en occupe, comptez sur moi, je m'en occupe" ; Hans devait à l'Histoire d'être né dans une des premières familles de communistes allemands dont le grand-père avait inauguré en 1933 le camp de concentration de Dachau ouvert pour enfermer les opposants. Il faisait partie des soixante premiers internés ; Hans en avait gardé cette rigueur tant morale que juridique qui lui aurait fait refuser le moindre accroc au socle juridique tant qu'il était justifié à ses yeux, et taillader sans scrupules ledit socle quand c'est la République qui était visée. Je savais qu'il mettrait tout en œuvre pour faire sortir le loup du bois.

— Vous avez déjà les analyses techniques ? L'autopsie ?

— Je vais les faire accélérer.

— Dès que vous les avez, envoyez, je me débrouillerai.

— Je sais.

La deuxième bonne nouvelle est venue de Pujol. Quelqu'un était effectivement intervenu sur l'ordinateur d'Hortense Majera après sa mort, un courrier électronique effacé ; elle l'avait adressé à Johannes Adams l'avant-veille de leur dernière rencontre.

— Lisez vous-même.

“Monsieur Adams, que vous m'ayez sciemment abusée sur votre prétendu projet d'enrichissement culturel et artistique de votre entreprise ne vous honore pas, mais le procédé, en outre, est dans la droite ligne de tout ce que vous avez mis en œuvre dans votre existence. Vous êtes un imposteur, un faussaire mais également un médiocre, mais également une ordure. Le contrat que vous m'avez fait signer en me trompant est donc rompu de fait. Vous n'obtiendrez pas de ma part le moindre centime. Je vous prie de vous tenir définitivement à l'écart. Je vous le conseille. Hortense Majera.”

— Il a été effacé quand ?

— La nuit du meurtre.
— Cette fois les choses commencent à s'éclaircir, non ?
— Je crois.
Il me regarde, baisse le nez :
— Je vous dois des excuses.
— Des excuses ? Diable !
— J'ai sous-estimé votre...
— C'est bon Pujol, vous ne pouviez pas savoir.

Il a remonté ses lunettes et souri ; Pucheu ne pouvait pas gagner sur tous les tableaux. Je lui ai rapidement parlé de Léonard.
— Alors tout semble concorder. Je vais voir où en est le labo.
Ce garçon était décidément une heureuse surprise. Il s'est retourné sur le seuil :
— Celui-là, on va l'avoir, patron.
Plantin était juste derrière lui, il avait déjà passé deux fois le nez à la porte ; il s'est effacé pour le laisser passer et a refermé derrière lui :
— Ça s'améliore nettement, on dirait ; j'ai bien entendu le petit Pujol vous servir du patron ?
— On dirait.
— Ah bon.
Règle de management n° 4 : ménager les narcissisme et présupposé affectif du subordonné quand il s'est toujours montré un allié loyal et fidèle. Sun Tzu avait sûrement écrit un truc là-dessus. Maxime avait toujours été un allié loyal et fidèle.
— Pujol est jeune, il a encore besoin d'un chef à respecter. Je préfère encore qu'il soit dans cet état d'esprit.
— C'est bon... C'est quand même un petit con.
— Il a le droit comme tout le monde de s'améliorer...

— C'est ça… Bon, ça vous intéresse de savoir ce qui s'est passé avec Blancard ?

Mon allié loyal et fidèle était de mauvaise humeur ; je me suis excusée pour la veille et raconté Vrémont rapidement.

— C'est pour ça que vous m'avez raccroché au nez, hier soir ? Je vous ai dit que c'était un vieux con.

Vieux con, jeune con, Maxime vieillissait aussi.

— Tu avais peut-être raison.

— Pas peut-être. J'avais raison.

— D'accord, Maxime, je t'écoute.

— Blancard confirme. Dès que le labo aura des résultats, il vérifiera sur leurs fichiers. J'ai pensé aussi que Mlle Latortue pourrait nous donner un coup de main. Elle est dans la place, elle pourrait nous rapporter du matériel. Si j'ose dire, elle est elle-même du matériel.

— Je vois. Mais ça tourne en rond. Elle peut nous rapporter une photo de Pucheu dans la pire des positions si elle veut, ça ne changera rien. Tu essaies de voir avec Claire où ils en sont ?

— Mais je croyais que…

— Tu as très bien joué. Le lien avec Régis et avec Latortue est établi, on en aura besoin plus tard. En attendant, il faut savoir dans quelle direction Darnando avance.

— Vous avez quelque chose en tête ?

— Ça se pourrait mais c'est peut-être complètement à côté de la plaque.

— C'est quoi ?

— Je te tiens au courant.

— D'accord…

Il n'était pas content du tout. Pour ménager son narcissisme, je lui ai parlé des avancées sur le dossier de la peintre. Pour ménager son narcissisme, je l'ai tenu au courant de tout. Il est sorti en disant “Vous me sonnerez si vous avez besoin de moi". J'avais encore de gros progrès à faire en management.

J'ai repris mes notes. Baffart. Blandin. Patrice de Marin. Dominique Simoni. Latortue a revu Baffart boulevard d'Ornano. Quelque chose se précisait, j'ai commencé à comprendre autour de quel pot j'étais en train de tourner. Marseille, j'étais en train de tourner autour de Marseille. C'est de Marseille que j'avais obtenu l'information qui m'avait permis de démarrer sur Justine Blanche ; Marseille, l'inspecteur Montclair, mon dîner avec l'inspecteur Montclair à Marseille*. J'avais gardé son numéro. Rien ne disait qu'il était toujours à la BRP régionale.

J'ai tapé les premiers chiffres, j'ai raccroché. Je me souvenais de tout. Le dîner au *Vallon des Auffes*. Le verre bu sur la plage du Prado. Ma nuit seule à l'hôtel. Ma gêne, mon envie, ma gêne. Ça recommençait, c'était là à nouveau. Je me suis passé un savon. Il suffisait que je m'en tienne aux rapports professionnels. Ce n'étaient que des rapports professionnels. J'étais sûre qu'il était toujours là.

J'ai composé le numéro. "Montclair, j'écoute." J'ai eu très envie d'une cigarette. "Bonjour, commandant, Régine Partouche à l'appareil." Un bref silence. "Commandant Partouche ?!" A la fois surpris, très bien maîtrisé, et peut-être pas aussi chaleureux que je l'aurais imaginé.

— C'est une agréable surprise. Vous êtes à Marseille ?

— Hélas...

— Vous avez tort, nous avons un temps magnifique.

— Je sais.

— Comment allez-vous ? Les rumeurs disent que vos services ont été un peu durement remaniés.

* Voir *L'Inconfort des ordures, op. cit.*

— C'est le cas, on m'a enlevé la moitié de mon équipe.

— Eh, ça ne plaisante pas… A quoi dois-je le plaisir de vous entendre ?

Merci Montclair ; entretien purement professionnel.

— Une suite à l'affaire Justine Blanche.

— Ne me dites pas que vous l'avez à nouveau retrouvée dans une poubelle…

— Elle non, mais une travestie qui nous avait aidés dans l'enquête.

Je lui raconte Graziela, la poubelle devant la librairie.

— Ça n'a pas dû vous faire plaisir.

Je mentionne aussi le boulevard d'Ornano en parlant simplement d'un "lupanar select". Je mentionne Baffart.

— Tiens donc…

J'ajoute que Blandin n'en serait pas, il m'interrompt :

— Vous savez qu'il est rentré au bercail ?

— Blandin ?

— Il s'est réinstallé à Marseille. Toujours dans sa boîte de pharmacie mais à Marseille.

— Pourquoi le savez-vous ?

— Je le sais.

— Ecoutez, je dois quand même vous dire que je ne suis pas chargée de l'enquête… Je pense que vous voyez pourquoi.

— D'accord. Mais, si je me souviens bien, ça vous arrive de vous occuper personnellement de certaines affaires. Je n'ai pas oublié, vous voyez.

Curieuse sensation. Je me souviens tout à coup de la façon dont il m'avait regardée au Prado, du trouble qui m'avait fait quitter la table trop vite. Sa voix m'est restée étrangement familière.

— Pour moi, ce n'est pas un problème que vous ne soyez pas chargée de l'enquête. Si vous appelez, c'est que vous avez une bonne raison, je vous fais confiance. J'ai eu le temps de vous apprécier…

Je me sens rougir. Je suis ridicule. Et si j'avais juste profité de l'occasion pour le rappeler ?

— C'est gentil. En fait, je vous appelle peut-être un peu tôt, je ne sais pas encore exactement ce que je cherche. Notre nouveau directeur est venu me convaincre que la poubelle était par hasard devant la librairie de mon mari.

— Et vous ne le croyez pas...

Je sais que, pour certains hommes, l'existence d'un mari aux côtés d'une femme ne modifie en rien le jeu de plaire. Pour moi, c'est la ligne jaune. Pour eux, c'est le ruban rouge. J'ignore à peu près tout de l'espèce de franche liberté de ce garçon, j'ai peut-être tout oublié de mes leçons du Sud.

— J'ai peut-être tort de ne pas le croire. Il n'en reste pas moins que Graziela Perção était très directement liée à mon travail.

Je lui dis alors dans quel état on l'a trouvée, la mise en scène, la cou...

— Répétez-moi ça ?!

Je répète.

— Vous êtes sûre ?!

— Comment ça ?

— Nous avons une affaire exactement similaire, le même mode opératoire : un travesti, une couille dans la bouche !

— Depuis quand ?

— Quelques jours.

— Où ça ?

— Cannes, c'est notre boulevard d'Ornano, le festival, prostitution à tous les étages, gratin et tout le toutim.

— Mais c'est en mai...

Il rit, il se moque. Le rire lui ressemble. J'essaie de couper court.

— Excusez-moi si je ne sais pas tout...

Voix mielleuse :

— *Susceptible girl.* Vous n'êtes pas obligée de le prendre mal… Cannes, le festival, le gratin, plein d'*escort girls*, de partouzes, de cocaïne. Evidemment, la plupart du temps, on ferme les yeux, Cannes c'est bon pour le commerce extérieur, pour la France. Quand ça s'arrête, tout le monde remballe mais certaines affaires continuent. Le travelo qu'on a retrouvé la semaine dernière était un habitué, une superbe Brésilienne. Lui aussi on l'a retrouvé la bouche pleine. C'était vraiment pas beau à voir.

— Et dans une poubelle vous êtes sûr ?

— Exact. Mais pas devant une librairie. Devant la Loge nationale de France. A Cannes c'est une incontournable. Beaucoup d'argent, beaucoup d'affaires.

— Des serviteurs de l'Etat ?

— Localement.

A ce moment précis, mon alarme de droite se déclenche à nouveau. Graziela Perção fait partie d'un grand jeu de piste. Je fais partie du jeu.

— Et vous en êtes où de l'enquête ?

— Ça va être difficile.

— Vous en êtes où ?

— On enquête.

— D'accord…

— Vous m'avez bien dit que vous n'êtes pas chargée de l'affaire, n'est-ce pas ?

— C'est ça.

— Ecoutez, je dois monter à Paris vendredi. Si on se voyait la veille, jeudi soir, ça vous irait ?

Alarme d'un autre genre. Je me passe un nouveau savon.

— A l'extérieur, alors.

— Evidemment. Cette fois, c'est vous qui choisissez la table. J'adore la tête de veau sauce gribiche. Ici, c'est mission impossible. Vous n'avez pas changé de numéro perso ? *A priori* vers 19 heures ?

— Ça me va.

J'ai vingt-quatre heures pour avancer autant que possible.

Je suis retournée voir Plantin. Il m'a fait comprendre qu'il était très occupé, n'a pas réagi quand j'ai rapproché la chaise de son bureau, mais il a posé son stylo quand j'ai dit bouche pleine, poubelle et Grande Loge, s'est penché vers moi, a dit "Ça devient très compliqué". Puis "Vous êtes vernie décidément", mais c'était sans ironie. Un effet de nos déformations professionnelles sans doute, deux cadavres valent mieux qu'un ; là où le non-initié ne verrait qu'un surcroît d'emmerdements, nous flairions la bonne affaire, l'enquête cossue, le dossier fourni.

— Qui sait, c'est peut-être ce qui va vous tirer d'affaire… Qu'est-ce que vous attendez de moi ?

Cher Maxime, si peu rancunier.

— Il serait judicieux de préparer pour Montclair le plus d'infos possible. On peut essayer au moins du côté de Claire, Latortue et Blancard, qu'est-ce que tu en penses ?

— Vous voulez que je m'en charge ?

— Des trois ?

— Je devrais y arriver.

Je l'ai chaleureusement remercié. Loup bêta. Un vigile, un éclaireur. Un travailleur. Je pouvais compter sur lui, j'avais toujours pu.

*

A 11 heures, j'avais rendez-vous chez Passante ; j'ai hésité, puisque le gouffre était passé. Un gouffre franchi l'était toujours définitivement. Indécrottable jeu du chat et de la souris. Indécrottable arnaqueuse, je m'arnaquais moi-même mais Passante était au courant, connaissait mes faux bonds, mes parjures. “Toute séance manquée est une séance due, madame Partouche ; vous concernant, c'est une règle d'or” ; c'était le cas de le dire. Elle avait augmenté ses séances de vingt pour cent : soixante-dix euros les vingt minutes. Je n'avais aucune envie de m'allonger puisque tout allait bien. Aucune envie de ressortir, prendre le métro, retrouver mes vieux dossiers sur le divan.

J'ai pourtant mis mon manteau et je suis sortie, elle ne m'a pas fait attendre. Je me suis allongée et je n'ai rien dit.

— Oui… ?

J'ai dit :

— C'est difficile de passer du bureau au divan. Je suis obligée de me déprogrammer.

Ça n'avait pas l'air de beaucoup l'intéresser. Je n'arrêtais pas de bouger.

— Oui… ?

Alors j'ai parlé de Montclair, de cette attente, une vraie gamine, c'est ridicule, j'aime Georges.

— Ça n'a rien à voir…

Inutile de demander pourquoi, elle ne répondrait pas.

— C'est comme… comme…

— Oui… ?

— Comme attendre Noël.

— C'est ça.

— C'est comme quand j'attendais Noël.

Et je me suis mise à pleurer.

— Je vous écoute…

— Chaque Noël, j'avais droit à une poupée. Chaque fois en ouvrant la boîte, c'est ridicule, j'étais si fière d'avoir ça, que ma mère ait pensé à m'offrir ça, sur le moment elles étaient si belles, est-ce que vraiment je le méritais ? Et puis une heure plus tard c'était fini, en fait je n'aimais pas les poupées, je les trouvais très froides à cause du plastique, des faux yeux, je n'ai jamais su jouer à la poupée, je faisais un peu semblant au début, j'essayais de les habiller, je demandais des bouts de tissu à ma mère mais très vite ça m'ennuyait, seulement les autres filles en avaient et avaient l'air d'aimer ça, je ne comprenais pas pourquoi ça ne marchait pas avec moi. En fait, je n'aimais pas ça.

— Bien, très bien.

La séance était donc terminée.

Je me suis levée, j'ai souri, j'ai payé ; elle souriait aussi. J'ai repris le métro. Je n'avais jamais osé demander à ma mère de trouver un autre cadeau, je n'avais jamais osé lui dire que je n'aimais pas ça. Ni me le dire sans doute. C'était pourtant vrai, les pauvres choses en plastique étaient tellement inertes. Les autres s'arrangeaient peut-être pour ne pas le voir. J'avais bien tenté de les presser contre moi comme les autres filles, la tête inclinée en souriant, mais rien à faire. C'était dur, sans chaleur. Montclair occupait un peu la même place. J'étais aussi fébrile à l'idée de ce rendez-vous qu'avant d'ouvrir mon paquet de Noël, il était aussi joli à voir que la poupée neuve mais je savais sans doute à l'avance que ça ne me plairait pas tant que ça. "Le bonheur est un rêve d'enfant réalisé à l'âge adulte", *dixit* Sigmund. Ça devait être ça le problème ; il parlait d'un vrai rêve, pas de pacotille, pas de ces panoplies dégoûtantes que la publicité faisait miroiter depuis des semaines déjà, plastique rose pour les filles, maquillage, fer à repasser, plastique marron pour les garçons, pistolet et militaires.

Le problème était donc réglé. J'avais donc bien fait d'aller chez Passante.

Est-ce que Montclair m'avait donné le nom de la Brésilienne de Cannes ? Je l'ai retrouvé dans mon carnet sur le bureau : Andreia Brendão. J'ai envoyé aussitôt un SMS à Blancard, il m'a rappelée dans la foulée, oui il était déjà au courant ; avant que son service soit dessaisi de l'enquête au profit du SRPJ de Marseille, Montclair avait eu le temps de contacter la BRP nationale. Pourquoi est-ce que Blancard n'en avait pas parlé à Plantin ? "J'ai zappé complet, patron, vraiment, ça m'est sorti de l'esprit, on est sur dix trucs en même temps, les nouvelles affaires c'est tous les jours ou presque, mais vous inquiétez pas, je m'en occupe, je fais le lien." En code dans le texte. Il n'avait rien dit d'intelligible.

Quelque chose commençait donc à se dessiner. Une ébauche. Un début de vague croquis au crayon. Marseille était fondamentale encore une fois ; je sentais que j'allais y retourner. Marseille – Cannes. A Cannes, je connaissais quelqu'un. Le fer était encore très chaud ; il était temps de le battre et c'était à moi de le faire.

J'ai appelé Rose, on ne s'était pas vues depuis Noël, j'ai dit "Si je viens à Cannes ce soir, on peut se voir ?". "Génial, quelle heure ?" Pas de "comment ça va", pas de "pourquoi", pas de "ça fait longtemps". C'était depuis Alger comme ça ; Alger, maman et tante Reine, Rose et Régine, que des R, personne ne s'en était jamais rendu compte. Les deux appartements sur le même palier avenue Didouche-Mourad, le départ précipité sur le même bateau, Rose était bien trop petite pour savoir ce qui se passait, j'étais chargée de la surveiller sur le pont, personne n'a jamais su pourquoi elle avait subitement lancé son poupon à l'eau, pour qu'il retourne à la maison peut-être ; c'est quand même moi qu'on avait punie.

Quand tante Reine s'était installée à Nice, maman avait été inconsolable et Rose avait grandi. Rose était juge et j'étais flic. Rose n'avait jamais pu récupérer son poupon. Dix FIV, dix échecs. Elle avait fini par adopter, aurait mieux fait d'écouter sagement la nature. Pauvre gosse tiré de son pays sans savoir pourquoi lui non plus. Pauvre Rose. Pauvre couple ; explosé en plein vol, pas plus de trois ans après. Rose avait tenu le coup parce que Rose était une dure à cuire, vraie blonde mais fausse fragile. Vraie bimbo cannoise mais fausse imbécile. Juge remarquable. Remarquée. Courtisée. Une louve alpha sûrement, faite pour ça, énigmatique, impitoyable, bronzée même en hiver, hâlée, dorée, bijoutée. Une petite fille extraordinairement solaire, c'est comme ça que je m'en souvenais chaque fois que je la voyais.

J'ai prévenu Georges que je serais absente pour la nuit. J'ai réservé une place sur le dernier TGV du soir et le premier du matin. A mes frais.

*

A 15 heures, Pujol avait enfin obtenu des informations du labo. Plusieurs empreintes sur le tableau mais aucune correspondant à celles retrouvées sur la canette, le verre et la tasse ne portant pas celles d'Hortense Majera. Elle n'était pas morte sur le coup. Très mauvais jeu de mots. "Elle a dû d'abord perdre connaissance, la carotide fait ça, ça vient du verbe grec «sombrer dans un profond sommeil» ; en exerçant une pression sur elle, il est possible de réduire l'irrigation sanguine du cerveau au point de provoquer la perte de conscience. Ensuite, on peut en mourir." Est-ce que Johannes Adams avait attendu qu'elle meure ? Est-ce qu'il était resté dans l'atelier jusque-là ? "L'état de l'artère ne laissait aucun doute sur l'issue ; le tableau est tombé au pire endroit." Comment en avait-il eu l'idée ? Depuis quand ?

J'ai transmis le tout comme promis à Hans Eichler. Plantin n'était pas à son bureau. Rose a rappelé pour dire qu'elle me prenait à l'arrêt de Toulon. J'ai prévenu Pujol que je partais, je n'ai dit ni où ni pourquoi, il n'a pas demandé. Les portes du TGV se fermaient à l'instant où je suis montée. Rose aurait sûrement une brosse à dents à me prêter.

Plantin m'a appelée une demi-heure plus tard. Selon Claire, rien n'avait avancé. Elle avait dit exactement "L'affaire est déclassée, il y a beaucoup plus urgent". Ça m'arrangeait. Latortue n'était pas chez elle, impossible de la joindre, selon la concierge, elle était partie pour quelques jours. Plantin ne m'a pas demandé dans quel train j'étais, ni ce que j'y faisais.

*

J'ai vu Rose sur le quai ; jogging rose, veste polaire blanche et sac de sport. Une vraie gamine. Les hommes la regardaient avec envie, elle ne les regardait pas. Elle avait toujours son parfum de jeune fille teinté de violette, presque aucune ride encore. J'ai dit "Tu es magnifique", elle avait l'habitude, je le disais chaque fois ; elle a pris mon bras, "C'est tellement bien que tu sois là".

Dès que nous avons quitté la gare, j'ai senti. La mer. Le jasmin d'hiver. Les premiers mimosas. Je suis restée là sans bouger, j'ai levé la tête très haut, ouvert la bouche, mon nez, mes poumons, mon sternum, mon Dieu, ça existe encore. Rose a compris, m'a laissée faire. J'avais presque oublié. Même les visages. Et ces accents dans la langue. Ce léger chantant. Merci. Encore.

Elle nous a arrêtées un peu avant Cannes dans un restaurant sur la colline face à la mer, pins tout autour, odeurs à nouveau ; coquillages et poisson, vin blanc frais, cheminée. "Alors, raconte." J'ai dit pourquoi j'étais là et j'ai raconté. De la poubelle à Montclair ; Cannes, la Loge. "Ma chérie, c'est du lourd."

Alors à son tour elle m'a parlé de Cannes, son ancien maire, son nouveau maire, ses réseaux affairistes, ses loges affairistes, ses partouzes, sa langue de bois, son incomparable façade ; Cannes, son maire et sa commissaire de police ensemble en haut des marches du festival. Le festival a fait de cette ville une intouchable ; c'est vraiment la catin de la République, mais si, plus qu'aucune autre, tu peux me croire. Oui, je suis au courant de ton histoire, non pas celle de Paris, celle de Cannes. Non, non, je ne m'en occupe pas mais tu sais, ici, en cinq minutes, tout le monde est au courant. Si tu les avais vus s'exciter au Palais quand on a découvert le corps. Gorges chaudes et compagnie, c'est le cas de le dire. Ça sent le règlement de compte interne à plein nez. Interne à quoi ? Aux poubelles de la République, ma chérie. L'affaire sera classée sans suite, c'est évident. Ce pauvre Andreia était un habitué, un grand spectacle à lui tout seul, une œuvre d'art. Bien sûr, je le connaissais, tout le monde le connaissait. Il faut quand même savoir que l'ancien maire, franc-maçon, avait réussi à s'entourer de francs-maçons pas francs du tout à tous les niveaux, même aux RG, et même certains procureurs, tu vois ce que je veux dire ? Un pauvre type avait monté une association de défense de la ville dans le seul but de leur faire cesser leurs arnaques, leurs détournements et tout le reste. C'est lui qui s'est retrouvé en prison. Il est mort pas très longtemps après, d'une crise cardiaque. Il n'a pas tenu le coup. Tu vois, je ne te raconte pas d'histoires… Et moi, comment ça ? Moi je suis née ici ou presque, je connais tout le monde, mon ex-mari tient un des meilleurs restaurants de la ville, j'ai toujours su régler mes affaires ma chérie, je suis faite pour cette ville, je la connais jusqu'au fond du string. Ça te choque ? Pourquoi ils me laissent faire ? Comme toi. Je travaille bien, je suis réglo, je leur sers d'alibi quand ça les arrange. Ils me laissent traiter mes affaires, ils m'accordent même tout ce que je veux tant que ça ne marche pas sur leurs plates-bandes. Oui, c'est arrivé que l'un ou l'autre m'invite à prendre un verre ou passe me voir au bureau pour me faire "prendre conscience de mes limites". J'ai toujours dit "oui mais", toujours négocié le "mais". Je crois que c'est à cause du poupon, tu te souviens ? J'ai bien compris qu'il y avait des gestes trop définitifs. Je supporte mal les situations définitives, tu comprends ; j'ai appris à négocier. Mais je peux me renseigner, si tu veux ; je connais bien la commissaire, une fille plutôt sympa à la ville, je l'inviterai à dîner chez Charles, tu sais comme mon ex aime les VIP. Oui on se voit toujours, bien sûr. On continue à se serrer les coudes à cause de Tim ou grâce à lui, je ne sais pas. J'ai arrêté les antidépresseurs, ça va beaucoup mieux. Eh oui ma chérie, je sais, ça ne se voit jamais sur ma figure. Je n'ai peut-être pas envie. Edouard est moniteur de plongée à Nice. Parfait pour moi, vraiment. Sportif, gentil, bel homme, bon amant. Il a vu Tim, je l'avais prévenu, il a été super, il a l'habitude des gosses un peu difficiles. Il ne me demande rien, il se contente d'être content. C'est pas beau, ma chérie ? Tu sais, pour en revenir à ton histoire, avance en ayant l'air de reculer ; un truc que j'ai mis au point dans les situations difficiles, ça marche bien. Tu lâches sans lâcher, tu n'attends rien en espérant tout. Ça élimine bien les rapports de force. Tu n'as pas la main, ne fais pas semblant de l'avoir, continue à jouer avec ta petite paire de deux, on ne sait jamais, ça permet de remporter des parties. Profil bas, laisse penser que tu es prête à te coucher, endors-les, prends ton temps. Tu ne sais toujours pas ? Mais si tu sais. Glisse-toi dans ton ombre. Sun Tzu ? connais pas. La période est difficile, il faut être prudent. Oui, dans mon travail aussi, tu le sais. Ça va très vite. Je sais, j'ai voté pour lui. Oui c'était une erreur. Oui c'est trop tard. Dans la même quinzaine, un jeune a pris six mois ferme pour avoir caillassé des policiers, tu sais quand ça a un peu chauffé à cause du jeune tué pendant un contrôle, et les deux policiers qui avaient tué un petit en voiture sur des clous sont sortis tout à fait libres. Si ça ne m'écœure pas ? Evidemment. Je crois même que ça ne fait que commencer. Oui, recommencer si tu veux. C'est bon, je te dis que je regrette d'avoir voté pour lui, je pouvais pas savoir. Parce que, tes socialistes, tu les trouve jolis peut-être ? Nous défendre ? Je ne suis pas comme toi ma chérie. Oui je sais, il n'attend que ça. J'ai jamais su faire ça, jamais. Je sais qu'il supprimera les juges d'instruction, c'est un Slave, faut pas l'oublier. Ah bon, ils sont pas slaves ? Tu vois, je croyais. Ça ne change rien, c'est quand même des pays autoritaires. Et Victor ? Le grand chou, je l'adore celui-là, tu devrais me l'envoyer. Quoi ? déjà ? Mon Dieu comme le temps passe. Les profiteroles sont géniales, tu vas voir. A quelle heure demain matin ? C'est évident que les deux affaires sont liées. Tu as bien fait de venir. Tu dois prendre ça comme un jeu. A Noël ? Noël, je ne pense plus à Noël, c'est comme ça ma chérie, j'aurais pu avoir un enfant et le perdre, ç'aurait été bien plus cruel. Un psy ? Ben oui tu vois, tout arrive ; heureusement d'ailleurs, il m'a aidée à ne pas tout mélanger. On y va, ma chérie ? Non, laisse, c'est moi, je t'assure, ça me fait tellement plaisir pour une fois. Tu te souviens quand j'avais sauté du dériveur à Marseille ? Que quoi ? Que j'ai refait le coup du poupon mais, cette fois, c'est moi qui ai sauté ? Régine, je n'avais jamais fait le rapprochement ! Je ne pleure pas, qu'est-ce que tu racontes ? Je t'avais trouvée tellement grandiose quand tu as plongé pour me récupérer. Régine par-ci, Régine par-là, regarde ta cousine, ta cousine elle au moins. Ah, tu ne savais pas ? Régine et Georges, Régine et Victor, Régine et sa décoration… Comment ça, tu n'étais pas au courant, ne me raconte pas d'histoires, sois gentille, au moins ça, tu as des Kleenex ? Ça va très bien. Tu n'imagines même pas ce que c'est, je ne sais même pas si je l'aimerai un jour, tu te rends compte, c'est effrayant, je suis effrayée. Oui je sais, Régine, je sais. Tu as raison, allons-y. Arrête, c'est bon, je t'ai dit que tu n'as pas à t'inquiéter. Je sais que tu sais toujours tout mieux que moi, que tu es plus intelligente et tout le tralala mais, là, c'est bon, d'accord ? Je suis une grande fille. Merci Yvon, oui vraiment, c'était parfait, c'est ça, à bientôt Yvon.

A deux heures du matin, elle était encore assise au bord de mon lit ; elle n'avait pas dû avoir l'occasion de pleurer depuis longtemps. J'ai quand même eu du mal à m'endormir quand elle est enfin allée se coucher. Je croyais être venue pour avancer ; Rose m'avait persuadée du contraire.

Je me suis relevée, j'ai rouvert les volets, passé la tête à la fenêtre ; le ciel était couvert d'étoiles, depuis combien de temps est-ce que je n'avais pas assisté à ça ? La mer était là tout près, j'ai pris mon temps pour l'écouter. Ça m'a aidée à dormir enfin. Peut-être que, un jour, je ne me sentirais plus obligée de tout régler, alors que, de toute évidence, ça n'empêchait personne de dormir.

5

LE DÉGEL DE LA MARQUISE

Rose s'était levée la première pour préparer oranges pressées et œufs brouillés, elle a ouvert mes volets et s'est assise au bord du lit. La petite fille était toujours là, blonde, bouclée et triste. Ses bijoux étaient déjà en place, son maquillage, sa tenue parfaite. J'ai pris sa main.

— Bien dormi ?

Son menton s'est aussitôt mis à trembler, même sans mes lunettes j'ai compris, je l'ai prise dans mes bras, elle sanglotait, j'ai quand même pensé que le train était dans moins de trois quarts d'heure.

— Chérie, je ne peux pas me permettre de rater mon train mais je ne peux pas non plus te laisser dans cet état. Tu vas prendre des billets et venir passer le week-end à la maison, tu veux ?

Elle a essuyé son nez :

— Je peux pas, y a Tim.

J'avais oublié.

— Charles ne peut pas le prendre ?

— Mais non, son resto…

Elle s'est remise à sangloter. J'ai avalé une grande goulée d'air :

— Viens avec lui, ça vous fera du bien.

Ses yeux trempés se sont arrêtés dans les miens :

— Tu es sûre ? Ça ne va pas vous embêter ?

— Si, bien sûr, mais tu sais bien, je suis ta cousine parfaite.

Elle a souri, s'est relevée :

— Dépêche-toi, ne te mets pas en retard.

La route longeait la mer presque jusqu'à la gare. L'eau brillait, très calme. Soleil d'automne sur la plage. Déjà quelques promeneurs ; ici trois cents jours de soleil par an, cent quatre-vingt-dix à Paris… j'ai eu envie de passer mes pieds nus sur le sable, sentir l'air et les grains glisser sur ma peau, les savoir heureux.

— Et si nous descendions pour le week-end, au lieu que ce soit toi qui montes ?

— C'est vrai, tu ferais ça ? On pourrait aller dîner chez Charles, tu voudrais que je te fasse rencontrer la commissaire ? Tu veux que je l'invite avec nous chez Charles ? Comme ça tu pourras parler de ton affaire… Et puis ça ferait du bien à Tim de vous voir, c'est sûr ; le pauvre, il a tellement peu de famille, je le récupère le vendredi soir, comme ça il pourra profiter de vous. Et si je disais à maman de venir déjeuner dimanche, elle serait si contente de te voir. Ça te ferait plaisir ?

Heureusement je n'étais pas obligée de la regarder, je me suis tassée sur mon siège. Mon habit de cousine idéale était un peu serré. Tant pis pour moi, personne ne m'avait obligée à lui proposer ça.

— Laisse-moi juste le temps de vérifier quand même avec Georges et au bureau, je te dis ce soir si c'est possible, ça te va ?

Elle a peut-être entendu la retenue, le léger écart.

— Ne te sens pas obligée, Régine.

J'ai écarté les mots, le ton, je connaissais ça si bien.

— Elle est comment ta commissaire ? Je veux dire, tu crois qu'elle…

— Je sais exactement ce que je vais faire, je demanderai à Charles une de ses meilleures tables, tu sais il t'adore, il t'a toujours adorée, il mettra du champagne, ça lui fera plaisir, elle adore les trucs comme ça, ça peut le faire, c'est une méfiante mais une gagneuse, ça peut la faire bicher ; en tout cas, tu devrais essayer et puis je t'aiderai, elle me connaît bien, je peux me débrouiller pour qu'elle te donne des trucs. Ça te dit comme ça ?

Je n'ai pas répondu, la gare était devant nous ; Rose s'est arrêtée en double file :

— Allez, oust, ne va pas rater ton train !

Quand j'ai ouvert la portière, elle s'est penchée vers moi :

— Tu viendras, hein ? Ça me fera tellement plaisir !

Je n'ai pas dit "on verra", j'ai dit "oui", elle a eu son sourire de trois ans. Heureusement, j'étais consciente de ma chance, de mon privilège, ça m'a aidée à être gentille. Cinquante ans, âge du premier épluchage des comptes. D'épargne, de prévoyance, courant ; de résultat, d'exploitation – de ses propres ressources : jusqu'à quel point ? De celles des autres : selon quelle méthode ? J'avais entamé le grand inventaire de mi-parcours depuis quelques semaines déjà, j'ai continué dans le train. Ça m'a occupée une bonne partie du trajet ; au lieu de noter les ministres, une analyse de leurs comptes selon cette formule ne serait pas sans intérêt, nouveau président compris. Après tout c'est lui qui exploitait nos ressources ; Rose et un certain nombre d'autres lui avaient remis les clés de la caisse pour ça. Une fois posée la question de savoir comment il les avait exploitées jusque-là et au profit de qui, le jeu devenait assez plaisant. Quoique… Je me suis promis d'en parler un jour ou l'autre à Victor. Et puis j'ai pensé à Rose. Et puis j'ai pensé à moi. A ces étranges cinquante ans. A cet étrange cadeau d'une poubelle pour mes cinquante ans, à l'échec qui se profilait. Est-ce que c'était ça, le cadeau ? Un petit coup de pouce pour lâcher l'affaire ? Apprendre à me résigner ?

J'ai préféré appeler Georges, avant de déprimer complètement. Je lui ai raconté Rose, l'invitation pour le week-end.

— Je te rappelle que Lortmann nous attend…

J'avais évidemment oublié. Je lui ai soumis l'argument de la commissaire.

— Ça va, j'ai compris. Et… tu tiens vraiment à ce que je vienne ?

— On ne sera pas trop de deux. S'il te plaît…

Gare de Lyon, il n'y avait pas la mer, ni devant ni sur les côtés. Visiblement le quota des cent soixante-quinze jours de pluie annuel n'avait pas encore été atteint. Le Parisien peinait sous la grisaille ; je me suis mise au diapason. Ce soir, je dînais avec Montclair.

*

Premier arrêt, cappuccino ; des mots laissés sur mon bureau me signalaient que je devais rappeler Hans, que Pujol et Maxime voulaient me voir, que Pucheu demandait que je passe dès mon arrivée. J'ai pensé à ses propres comptes d'exploitation, je n'avais malheureusement pas le temps d'approfondir le sujet. J'ai appelé Hans, très excité, saccadé, le guttural avait réinvesti son français.

— Vous aviez raison. C'est une petite salopard. Et le fils d'une grosse salopard. C'est pour ça qu'il a l'argent. Vous voyez de quoi je parle ?

Connaissant Hans, peut-être.

— Aryanisation des biens juifs ?

— Oui, bien sûr ! Et personne n'a jamais porté plainte contre ce type, le fils je veux dire, rien, entièrement propre, *Persilschein* !

— Je vous demande pardon, Hans ?

— Lessive Persil, vous voyez ? *Persilschein*, c'étaient les lettres écrites après la guerre par des notables chez nous, des curés, des pasteurs et tout ça, pour dire que les bonshommes de la Gestapo étaient des bons pères de famille, des bons croyants, des bonshommes très bien, et alors les juges allemands les laissaient tranquilles. Les lettres étaient *Persilschein*, aujourd'hui on dit ça aussi, ils étaient blanchis.

— La tradition est restée…

— Partout Régine, chez vous aussi. Adams est un notable, très respecté. Mais je travaille. Je crois il faut d'abord le mettre en difficulté, si une employée dit ce qu'il a fait, ce sera plus facile ensuite de l'attraper.

— On n'a pas le temps, Hans. Il vaudrait mieux faire l'inverse. S'il tombe pour la peintre, ensuite ses employés parleront, vous ne croyez pas ?

— Juste, mais comment ?

— J'ai sans doute de quoi aller voir un procureur si j'ai votre soutien. Ça nous donnera au moins de quoi obtenir une audition, peut-être une perquisition. Vous avez reçu les analyses ?

— Oui bien sûr, les empreintes sont les bonnes mais ça ne change rien, n'est-ce pas, elles étaient juste sur la tasse à café.

— C'est au moins la preuve qu'il était là. Hans, vous pouvez quand même vérifier à Francfort, il y a peut-être une plainte quelque part, une dénonciation anonyme ? Ça nous aiderait.

— Je vais voir. Je m'en occupe.

J'ai appelé le bureau du procureur Marchand dans la foulée, j'ai dit que c'était urgent, son assistante avait l'habitude ; elle m'a proposé de passer à 14 h 15. Mais il fallait d'abord que j'informe Pucheu, autre procédure ajoutée à son arrivée, le prévenir avant de contacter le moindre procureur ; j'avais complètement oublié qu'il voulait me voir. Malheureusement, il était disponible.

"Il vous attend depuis ce matin", a dit, gourmande, la récente assistante peut-être recrutée dans une agence d'hôtesses en tout genre. Elle se limait les ongles quand je suis arrivée ; je ne lui donnais pas un mois avant que ses décolletés atteignent le bas de sa jupe. Elle a annoncé mon arrivée, "Allez-y, allez-y, il était drôlement pas content ce matin".

*

J'ai poussé la porte et j'ai vu Pucheu relever les épaules ; d'un même geste, je l'ai vu préparer le viseur, ajuster le tir, j'ai senti mon dos se contracter, il m'a théâtralement désigné le fauteuil le plus éloigné de son bureau, il ne me quittait pas des yeux, son doigt s'est rapproché de la détente, je me suis mentalement raccrochée au rire de Victor quand je lui parlais de Pucheu, ça m'a un peu détendue, j'ai dit "Vous vouliez me voir ?" en m'asseyant et j'ai fait semblant de me moucher.

J'étais très exactement placée face au viseur. Je l'ai vu se lever, contourner son bureau. J'étais Mowgli, il était Kaa le python. Son regard ne lâchait pas le mien. Ses petites lèvres étroites avaient presque entièrement disparu. Il s'est arrêté, a bruyamment écrasé sa main droite sur le coin du bureau, au dernier moment j'ai maîtrisé mon sursaut.

— Je croyais pourtant avoir parfaitement défini le terrain des compétences de chacun, madame Partouche, je croyais pourtant avoir on ne peut plus clairement énoncé le principe selon lequel vous n'êtes pas en charge de l'affaire du travesti brésilien !

J'ai fait ce que j'ai pu. Un : renvoyer Régine trois ans dans sa chambre. Deux : baisser mentalement le son, ne pas entendre qu'il venait de crier. Trois : me rappeler tout le mal que je pensais des rottweilers. Quatre : aborder la scène avec détachement et sérénité.

— Je vous demande pardon ?

Cinq : Sun Tzu, article I, "De l'évaluation" : "J'entends par commandement l'équité, l'amour pour ceux en particulier qui nous sont soumis et pour tous les hommes en général ; la science des ressources, le courage et la valeur, la rigueur, telles sont les qualités qui doivent caractériser celui qui est revêtu de la dignité de général ; vertus nécessaires pour l'acquisition desquelles nous ne devons rien négliger : seules elles peuvent nous mettre en état de marcher dignement à la tête des autres." Six : Sun Tzu, article II, "De l'engagement" : "Je dis plus : ne différez pas de livrer le combat, n'attendez pas que vos armes contractent la rouille, ni que le tranchant de vos épées s'émousse. La victoire est le principal objectif de la guerre. S'il s'agit de prendre une ville, hâtez-vous d'en faire le siège ; ne pensez qu'à cela, dirigez là toutes vos forces ; il faut ici tout brusquer ; si vous y manquez, vos troupes courent le risque de tenir longtemps la campagne, ce qui sera une source de funestes malheurs."

— Vous n'êtes pas autorisée, madame, à approcher de près ou de loin les personnes et les éléments ayant trait à cette enquête, tout manquement de votre part à cette règle pourrait vous coûter cher, me suis-je bien fait comprendre ?!

Sept : ne pas oublier pourquoi il est en colère. Même ses fesses sont impliquées.

— Je vous ai dit personnellement que ni vous ni votre conjoint n'étiez en quoi que ce soit concernés pourtant, n'est-ce pas ? N'ai-je point pris cette peine personnellement ?!

Huit : ne pas oublier le merveilleux film *Ridicule*. Ne pas oublier d'imaginer Pucheu pantalon baissé, la narine dans un rail.

— En effet, je vous en sais gré, directeur.

Neuf : oreilles couchées, loup oméga. Si je veux manger à ma faim plus tard, laisser le chef se goinfrer d'abord. Il ne s'attendait visiblement pas à cette réponse. Ses épaules viennent de retomber. C'était une bonne réponse. Allégeance et docilité. Obéissance et servilité.

— Bien. Je comprends l'inquiétude somme toute légitime qui vous a saisie en découvrant l'emplacement de ce corps mutilé. Le commandant Darnando travaille d'arrache-pied à la résolution de cette difficile enquête.

— Je n'en doute pas, directeur. Vous me rassurez.

La petite Régine, trois ans, autorisée à ressortir de sa chambre, se roule par terre en hurlant de rire.

Je réprime le sourire qui un instant tenta d'éclore sur mon impassible visage de circonstance.

Allégeance et docilité. Mensonge et perversité ; un partout. J'ai envie de chanter "ah ça ira, ça ira, ça ira". Il est retourné s'asseoir à son bureau. J'ai été parfaite. Un dernier effort :

— Cela ne se reproduira pas.

LA phrase.

— Bien, très bien. L'incident est clos.

— Je souhaitais moi-même vous voir, directeur, pour vous informer de la demande d'ouverture d'une enquête préliminaire que je dois déposer au bureau du procureur Marchand cet après-midi.

Je viens de comprendre une chose essentielle : il me donnera ce que je veux. Son monde fonctionne comme ça. Il veut juste m'empêcher d'approcher de d'Ornano. Il croit que je suis comme lui, donnant, donnant.

— L'affaire du 11e ?

— Le principal suspect est malheureusement un industriel allemand, qui plus est membre de la CDU.

Vas-y Régine, profite…

— Je ne voudrais pas que cette spécificité risque de nuire à notre enquête.

— Je connais le sérieux de votre travail, commandant, si vous avez besoin de mon appui, vous l'aurez.

Sun Tzu, article II, "De l'engagement" : "Ceux qui possèdent les vrais principes de l'art militaire ne s'y prennent pas à deux fois. Dès la première campagne, tout est fini ; ils ne consomment pas pendant trois années de suite des vivres inutilement. Ils trouvent le moyen de faire subsister leurs armées aux dépens de l'ennemi, et épargnent à l'Etat les frais immenses qu'il est obligé de faire, lorsqu'il faut transporter bien loin toutes les provisions."

— Merci, directeur, je sais…

— C'est bon, l'incident est clos. Vous avez sûrement beaucoup de choses à faire.

Régine junior fait une dernière roue sur la moquette noire.

— Merci, monsieur.

J'ai remarquablement maîtrisé ma démarche jusqu'à la sortie. Jessica avait fini de se limer les ongles.

— Ça n'a pas été trop dur, commandant ?

— Nous avons un directeur tip top, Jessica.

La pauvre fille m'a regardée comme un manche à balai découvrant le principe et l'existence des aspirateurs sans sac. Je me suis attribué de sincères congratulations. Une belle journée.

*

Le procureur Marchand avait plusieurs mérites : un homme courtois, pondéré, et attentif. Très reposant.

Avec lui, les choses étaient assez claires ; nous avions déjà travaillé ensemble. Il m'a proposé un café, ne m'a pas demandé de mes nouvelles, a écouté jusqu'au bout ce que j'avais à lui dire. Il ne prenait jamais de notes, ne se laissait jamais interrompre par le téléphone. Il était parfaitement concentré ; un rêve.

Il a attendu que j'aie fini, a dit :

— Je vois. Comment envisagez-vous la suite, commandant ?

Le procureur Marchand tenait pour acquis la compétence de ses interlocuteurs. L'ego du procureur Marchand était une planche bien arrimée. Suffisamment en tout cas, pour n'avoir pas à en tester la puissance à contresens.

— Je souhaiterais *a minima* une audition du suspect.

— C'est clair. Le fait qu'il soit domicilié en Allemagne va évidemment compliquer un peu les choses.

— L'audition peut être organisée sur place dans un premier temps. Hans Eichler veut bien s'en occuper.

— Que diriez-vous de travailler avec le juge Buren ?

— Excellent.

Dix minutes plus tard, Buren était dans le bureau. Grand, sec, pourtant doté d'un sourire remarquable. Il me serre la main. Je répète mon histoire. Il est d'accord. Nous sommes d'accord.

*

18 heures, je passe me changer. Je mets des boucles d'oreilles, j'ai donné rendez-vous à Montclair au *Bistro du Palais*. J'ai réservé, prévenu que nous y serions très tôt et que nous voulions une table la plus à l'écart possible.

Il est à l'heure, ni bronzé ni pieds nus dans des mocassins, ni mis en valeur par un tee-shirt blanc éclatant et jean avantageux. Nous ne sommes plus au *Vallon des Auffes* ni devant la mer au Prado. Je ne suis plus sur son territoire. J'ai devant moi un garçon banal sanglé dans un imperméable trop court. Ma poignée de main est franche, "Ravie de vous revoir, merci d'être venu". *Exit* le rêve de jeune fille. Prince charmant au tapis ; retour aux fondamentaux. Je regrette même un instant qu'il soit là, d'avoir choisi ce restaurant. Je me souviens : Noël, les poupées. Mon cœur est calme. Je me souviens pourquoi nous nous voyons, je me plie quand même aux préliminaires, "Marseille, toujours aussi belle ? Non en fait, je suis très bien ici, ici c'est Paris ; oui, mon nouveau directeur, les règles ont un peu changé" ; je me regarde faire. Régine junior a depuis longtemps déserté la table, ce ne sera pas une aire de jeux intéressante.

Le vin arrive, j'ai demandé un bourgogne, je garde le bordeaux pour mes plaisirs personnels. Il n'a tenté aucune avancée, je sais être conforme à ma fonction, je suis là pour ça. Nous trinquons, c'est assez étroit, les mises en bouche sont parfaites pour la circonstance, petites boules de foie gras pané et verrines de mousse de concombre au chèvre et aux noix. Il tente quand même un bref élargissement, adosse son bras gauche à la chaise voisine et confectionne le sourire qui m'avait fait croire à la chimère. Je réponds par un autre ; il éprouve la distance. A cet instant précis, j'aime mon âge, le rehaut qu'il me donne ; c'est aussi une forme d'éloignement, c'est peut-être ce qui me fait si peur après tout dans l'anniversaire à venir : accéder à cette place étrangère, que j'ai tant voulue pourtant, où le masque apparaît comme un instrument de mort. Le masque n'est plus à ma portée ou presque. Angles nus du visage ; à prendre ou à laisser. Régine Partouche saison II ; j'aborde peut-être la partie la plus intéressante du script.

— On s'y met ? lui dis-je.

— C'est bien le but, n'est-ce pas ?

Une pointe de déconvenue quasi indécelable, mais je sais qu'il est beau joueur. Et qu'il n'a pas besoin de moi pour se plaire. Il a l'élégance de tenir pour dit mon absence ; l'âge fait ça aussi, le mien : Montclair me laisse libre de tenir les rênes.

— Je vous l'avais promis, la tête de veau est exquise.

Nos bouches ont eu le temps de se réchauffer, le crin sur la corde ne crisse plus, nos mains sur les archets se laissent faire. Nous travaillons. Dans ces cas-là, j'oublie tout, je suis là. Montclair s'est intelligemment plié à ma règle. Ni gagnant ni perdant ; nous avons déjà eu l'occasion à Marseille de jauger nos pouvoirs de séduction et nos savoir-faire. Nous avons gagné du temps.

Je viens de lui refaire par le menu l'histoire de Graziela, de son entrée dans mon bureau il y a trois ans, à son cadavre devant la librairie. De la présence de Pucheu à d'Ornano, à sa volonté de me tenir à l'écart. Il ne joue pas les ingénus scandalisés, il sait déjà ; d'où il vient, il sait. Je lui parle aussi de mes contacts avec Blancard, des raisons pour lesquelles je continuerai aussi longtemps que possible à suivre l'enquête.

— Je n'y arriverai peut-être pas ; il est même plutôt vraisemblable que je sois obligée de déclarer forfait d'ici peu.

— Je vous croyais plus pugnace.

— Un peu plus réaliste peut-être, sans doute un effet de l'âge.

Il ne relève pas.

— Vous oubliez quand même Andreia un peu vite. Andreia est une pièce importante et c'est chez nous qu'elle a été trouvée. Chez nous aussi les directeurs ont changé, mais le nouveau président a eu beau remettre autant d'ordre que possible, la province n'est pas Paris et Marseille n'est pas non plus tout à fait la province. Il n'a pas encore réussi à se débarrasser de tous ceux qu'il pouvait considérer comme un obstacle. Le réflexe sudiste joue encore, il ne peut pas tout verrouiller. Graziela et Andreia sont liés au même réseau, à la même histoire. Elles étaient là pour servir d'exemple. Un message envoyé dans la même direction. Votre mari n'a effectivement rien à voir avec cette histoire, ni vous. La librairie est au 2, rue Edouard-Quénu. Mais c'est le dernier étage qui était visé. Le dernier étage est la propriété de Pascal Simoni.

Je le regarde. Beau gosse. Bingo. Je sais donc désormais pourquoi il est là. Merci Régine, bravo, laisse-moi t'embrasser.

— Vous voulez dire…

— Eh oui. Pascal Simoni n'est autre que le cousin de Dominique Simoni. Il dirige une entreprise d'import-export de matériaux de construction et travaille notamment avec l'Algérie…

— La couille ?!

— Vous allez beaucoup trop vite.

Je sais.

— Il travaille avec l'Algérie donc – et Marseille. Pièce n° 1 du puzzle. Il n'est pas franc-maçon mais Dominique l'est et appartient, à Marseille, à la même Loge que celle de Cannes.

— Devant laquelle a été retrouvé le cadavre d'Andreia ; pièce n° 2 ?

— Vous comprenez très vite. Pièce n° 3 : les cousins Simoni traficotent évidemment ensemble : marchés passés avec la mairie de Marseille et d'autres localités du coin avec lesquelles Dominique Simoni est lié à la fois par son travail et sa Loge. Ça, c'est pour les affaires au-dessus de la ceinture. Encore un peu de vin, commandant ?

Je tends mon verre, le léger trouble remonte à la surface. C'est effrayant, il le sait aussitôt, comment fait-il ? Il enlève son fin pull gris col en V, dessous le tee-shirt blanc éclatant apparaît, il me sourit. Les tables autour de nous sont presque toutes occupées, je ne m'en étais pas rendu compte.

Montclair me demande s'il peut me resservir de la tête de veau, je tends mon assiette, il verse la sauce, prévenant. Mes soldats de garde sont sur les dents. Régine junior me regarde bouche bée. Je sais, je ne devrais pas ; je n'y peux rien. J'entends déjà le craquement caractéristique, ma couche protectrice se fendille, les plaques de glace au printemps, la débâcle sur la baie Uummannaq pendant le très bref été, Inuit Nunangat ; par endroits la terre se couvre de fleurs pendant quelques jours. Régine junior me regarde, atterrée, dériver sur l'Arctique que le récent soleil fait fondre par endroits, et détourne les yeux. Je suis bien où je suis. C'est un igloo de fortune. J'aime le gras de baleine grillé.

— Vous m'écoutez ?

Je relève les yeux.

— Pardon, vous disiez ?

— A quoi pensiez-vous ?

— Au dégel de la banquise.

A la place, j'entends marquise. C'est ça, je pensais au dégel de la marquise.

— Je peux continuer ?

— Bien sûr, excusez-moi.

— Vous êtes tout excusée, et pardonnée.

Comme il m'enrobe à nouveau, il m'enjupe, m'encorsage, le fait-il exprès ? Je dis "Attendez-moi une minute", je me lève, je longe les tables, ouvre la porte, le robinet, je ne me regarde pas dans la glace, je passe mes poignets sous l'eau froide, mes tempes aussi, je me regarde dans la glace. La marquise a les joues très roses. Je repasse de l'eau sur ma nuque, je ressors, je m'assieds, je dis :

— Je vous écoute.

— La pièce n° 4 est de loin la plus sensible. La tradition dans nos contrées veut que la puissance d'un homme se mesure entre autres à son tableau de chasse féminin. C'est très macho, j'en conviens, mais c'est comme ça. Pour contourner la difficulté que représenterait au XXIe siècle la nécessité de chasser aux yeux de tous et également la perte de temps que cela implique, une tradition, elle aussi assez ancienne, veut que les hommes les plus proches du pouvoir sous toutes ses formes disposent de pavillons de chasse, de bordels si vous préférez. Mieux ils sont fournis, plus le pouvoir des hommes les fréquentant est reconnu. Vous m'avez signalé le boulevard d'Ornano, j'ai vérifié, vos informations sont bonnes ; nous avons la même chose à Marseille, Cannes, Nice, de moindre importance bien sûr, de moindre luxe peut-être aussi, mais le principe reste le même. Pour ne prendre que son exemple, Dominique Simoni dispose donc comme Cadet Roussel de trois maisons pour son pouvoir : la mairie, qui lui permet de monter avec son cousin de juteuses affaires avec commissions occultes, fausses factures et marchés publics truqués ; la loge, qui lui permet de traiter en partie lesdites affaires tout en fréquentant des responsables locaux de la police et d'éviter ainsi toute curiosité mal placée, et enfin le pavillon de chasse où se retrouvent les uns et les autres. Vous me suivez toujours ? Mais les pavillons de chasse sont aussi un commerce, il faut trouver les bons produits, s'assurer de leur qualité… et c'est un métier d'importation. On peut importer et des matériaux de construction et des femmes à dentelles.

— Je vois à peu près à quoi vous voulez en venir. Mais dites-moi Antoine, il y a tout de même quelque chose que je ne comprends pas. Graziela et Andreia ne sont pas précisément des femmes à dentelles…

— Votre perspicacité vous honore, commandant. En effet Graziela et Andreia avaient un rôle à part.

— Vous connaissez un peu le fonctionnement des meutes de loups ?

Ah mon Dieu ce rire, puisse le bon Dieu des vieux couples me boucher les oreilles, ce garçon rit comme d'autres conduisent leurs Ferrari imbéciles, comme Pucheu cire chaque matin le bout pointu de ses Fratelli Borgioli en veau d'Italie et d'autres se brossent les dents ; rire fait partie de lui, la banquise gronde.

Je lui fais un topo rapide : les alpha, les bêta, gamma et oméga, la place et le rôle de chacun dans la meute. Le sacrifice des oméga.

— C'est en effet le rôle attribué d'une certaine manière à Graziela et Andreia. Un petit plus dans la perversion. J'imagine que les hommes fréquentant ce genre de lupanar aiment bien. Ça permet à la fois des souffre-douleurs et un peu d'homosexualité.

— Mais, alors, d'où viennent leurs cadavres ?

— Vous ne laissez jamais personne finir sans intervenir ?

Je rougis un peu :

— Je fais pourtant très attention…

— Votre mari doit être un saint homme…

— En effet.

— Je bois à sa santé.

Il lève son verre et boit en me regardant. Ses yeux posent une question que je me refuse à traduire. Trop incorrecte. Pour ça non plus, je ne suis pas de taille.

— La lutte pour la maîtrise des flux commerciaux est intense sur tous les marchés, matériaux de construction et prostitution y compris. Chacun veut l'empire. Graziela et Andreia se connaissaient depuis très longtemps, depuis Rio, l'adolescence, les débuts dans la prostitution, la filière française. C'est Graziela qui a fait venir Andreia, l'a initiée aux pratiques du Bois, l'a logée au début, l'a protégée. Andreia a su tout de suite ce qui était arrivé à Graziela, c'est chez elle que Belove Latortue voulait l'envoyer pour qu'elle se remette.

— Comment savez-vous tout ça ?

— J'écoute quand vous me parlez. Je fais très attention à ce que vous me dites. Et je travaille aussi malgré les apparences.

— Je n'ai jamais…

— Vous l'avez pensé au moins ; je n'ai pas oublié comment vous avez disparu sans rien dire de Marseille ni comment vous avez ensuite envoyé à votre place votre hystérique lieutenant, Claire, c'est ça ? Terrible paquet de nerfs, visiblement tout l'énervait à Marseille.

Je ne veux pas qu'il aborde le passé. Je ne veux pas qu'il fasse le lien. Je ne veux pas qu'il dessine la moindre connivence entre nous à ce sujet.

— Nous ne sommes pas à Marseille, lieutenant.

Il me regarde, surpris.

— Je ne vous en ai pas voulu, la preuve…

— D'accord. Pardon si je vous ai froissé, ce n'était pas mon intention.

Dénégation contre dénégation. Je ne vous en ai pas voulu. Ce n'était pas mon intention de vous froisser.

— Reprenez ce que vous étiez en train de dire à propos de Graziela, vous voulez bien ?

Il me regarde encore, essaie de jauger, soupèse, abandonne.

— D'accord. Andreia devait donc beaucoup à Graziela et s'est sentie obligée de faire quelque chose à son tour pour l'aider. Mais elle n'a pas beaucoup réfléchi. Elle a raconté son histoire à un commissaire qui fréquente le pavillon de chasse de Cannes.

— Et ça, comment le savez-vous ?!

— C'est ma septième année à la BRP. J'ai su établir d'excellents contacts avec d'excellentes sources d'information.

— Continuez…

— Ça se corse un peu, si j'ose dire. Le commissaire, dont je tairai le nom, a été ravi d'apprendre l'existence du boulevard d'Ornano. C'est un Corse. Certains Corses ont quelques raisons de ne porter dans leur cœur ni notre nouveau président ni certains de ses sbires.

— Il s'est pourtant appliqué très vite à leur laisser une paix royale !

— La première épouse du président est corse. Le premier mentor en politique du président était corse. Le président y a passé de très nombreuses vacances, noué de nombreux contacts, organisé d'importantes réunions politiques informelles. Il a certes divorcé de sa première épouse, comme de la deuxième d'ailleurs, mais les attaches sont restées et ne plaisent pas à tout le monde sur l'île, loin de là. Puis-je vous rappeler l'éjection du patron corse des forces de sécurité en Corse, au motif que le gazon corse d'un cher ami du président avait été piétiné par quelques nationalistes locaux ? Comme vous pouvez vous en douter, ça n'a pas plu. Le commissaire n'était donc pas mécontent de se voir offrir cette histoire sur un plateau. Et, comme tout Corse, il a de solides amitiés dans les médias. Il a voulu s'amuser un peu, crotter quelques brodequins. Mais un de ceux que le commissaire prenait pour un ami a jugé plus utile, pour la suite de sa carrière, d'en informer un des proches du président. Vous connaissez la suite ou presque.

— Désolée, ce n'est pas clair. Pourquoi rue Quénu ? Et la couille ?

— C'est vrai. Les cousins Simoni et le commissaire sont liés par d'innombrables connexions affairo-corso-sexualo-politiques.

— Attendez, Justine Blanche, *alias* Soraya Nahlaf, était algérienne, n'est-ce pas ?

— Française de naissance mais algérienne d'origine.

— Dominique Simoni la fréquentait dans le studio où Blandin l'avait installée à Marseille, à ses débuts, n'est-ce pas ?

— C'est exact.

— Et le cousin ?

— Possible ou vraisemblable.

— Je m'y perds complètement. Navrée.

— Pas de mal, je comprends. Pour rajouter un peu à la confusion, je dois ajouter que Blandin, depuis son retour à Marseille, fréquentait le même pavillon de chasse que Simoni, par son intermédiaire.

— Et Baffart, le boulevard d'Ornano…

— C'est vous qui me l'apprenez. Mais il y a encore une chose que je ne vous ai pas dite ; elle risque de vous déplaire.

— Au point où j'en suis…

— Belove Latortue travaillait parfois au pavillon de chasse.

— Pardon ?

— Vous voyez, je savais que nous n'aimeriez pas. Elle y fait parfois des extras le week-end.

— Latortue ?! Vous voulez dire…

— Blandin et Baffart étaient donc à nouveau liés, non plus par Justine mais par elle.

— Elle s'est moquée de moi !

— … ?

— Elle ne m'en a rien dit, ni à mon lieutenant.

— Vous ne lui avez peut-être pas posé la question… Vous savez sans doute que Belove Latortue est cocaïnomane ?

Je pose mon verre.
— Vous ne le saviez pas... Elle l'est très sérieusement.

C'est venu tout seul à cet instant précis sans prévenir, envie d'une pause, un besoin absolu, sortir dans la prairie, marcher sur l'herbe ; envie d'être tranquille, ne pas être née à Alger, ne souffrir d'aucun syndrome post-traumatique, n'avoir jamais été flic, juste une ménagère et avoir moins de cinquante ans. Au foyer madame Partouche, faites des confitures, c'est bon pour le moral.

Alors j'ai regardé Montclair et j'ai dit :

— Pause.

— Pardon?

— Pause. On fait une pause. Votre histoire est passionnante mais on fait une pause. Vous avez fait du bateau cet été ?

Il me sourit, me regarde :

— Vous faites une drôle de flic.

— Erreur de casting.

— Je ne crois pas. Vous m'accompagnez dehors, le temps d'une cigarette ?

Je prends mon manteau, nous nous installons sous le parasol chauffant. Il me propose une cigarette, je dis oui, il me tend son paquet, allume son briquet, se rapproche, pose sa main sur la mienne pour approcher la flamme. Y laisse sa main. Je crie au secours.

— Vous n'avez pas froid ? Vous allez encore partir en courant ? Vous ne risquez rien de moi ici.

Je suis incapable de répondre. Nous fumons. Il a retiré sa main. Je ne finis pas ma cigarette, je la jette dans le caniveau.

— J'avais arrêté.

Il avale ses bouffées avec gourmandise, il aime ça, la jette à son tour. Avant que j'aie eu le temps de m'en rendre compte, sa main s'approche, se pose sur ma joue, sous l'œil, presque à l'arête du nez. Je ne respire plus.

Il dit :

— J'aime bien vous voir ; pourtant, vous n'êtes pas commode.

Comment ose-t-il faire ça ?

— Vous voulez rentrer ?

Je ne réponds pas, je me contente d'un signe de tête. Au moment où je passe devant lui, il pose ses mains sur mes épaules et, avant même que je le sache, les fait pivoter vers lui, avant même que je le sache, ses lèvres sont sur les miennes, mon ventre bat je n'y peux rien, j'ai cinquante ans dans dix jours, sa langue caresse mes lèvres une fois sans insister, puis sa bouche s'en va. Il sourit. Il me regarde. Poupée. Noël. Alors je comprends. A mon tour je souris.

Je dis :

— C'est tout ce que vous aurez.

Il se penche vers moi.

— Pardon, madame, je ne vous importunerai plus.

C'est assez tendre, sans affectation.

— Vous êtes un galochard.

— J'en avais tellement envie. Promis je vous laisserai tranquille à l'avenir sauf, évidemment, si vous en décidiez autrement.

— On y va ?

Il pose simplement sa main sur mon épaule au moment de passer la porte. Cette main ne me dérange curieusement pas, elle semble sans danger.

Nous nous asseyons. Il remplit mon verre, le sien, le lève :

— A vous, commandant.

La banquise a cédé, la marquise aussi, je n'ai plus peur, tout à cette table a gagné en légèreté mais c'est sans mal. Je souris.

— Vous êtes un voleur.

— Oui, madame.

Je commande un fondant au chocolat et sa sauce au chocolat chaud. Je bois de l'eau. Nous n'avons pas fini de travailler.

Il dit "Reprenons", il me sourit :

— Je vous parlais de Belove Latortue.

A l'instant tout me revient, je pose mon verre.

— Ça ne va pas ?

Je ne sais pas quoi répondre. Je voudrais dire "j'en ai assez" et que ça suffise à tout arrêter. Mais il y a Graziela. Pour une raison que j'ignore, plus Montclair avance dans le pathétique récit du désastre et plus la figure de Graziela émerge ; elle fait partie du désastre, son histoire de petit garçon brésilien des favelas transformé en putain de la République fait partie du désastre.

— L'obscénité n'a plus de limites ? Nous mangeons de la tête de veau en buvant un vin excellent et en manipulant des faits tous plus misérables les uns que les autres…

— Ainsi va la vie.

Est-ce un cliché ?

— Je sais qu'ainsi va la vie, je suis payée chaque mois pour le savoir, comme vous l'êtes, assez peu finalement vu ce qui nous est demandé de savoir.

Il ne me quitte plus du regard, visiblement il s'interroge, écarte un peu les bras comme pour dire "qu'est-ce qu'on y peut ?".

— De tous ces gens dont nous parlons, confortablement installés sur leur fumier, lequel paiera un jour la facture ? Aucun. Et quand ils auront supprimé les juges d'instruction, ce sera pire encore. Nous ne serons bientôt plus là que pour arrêter quelques truands et encore, soixante pour cent d'affaires non résolues quand elles concernent le milieu. Non, en fait, nous ne serons plus là que pour arrêter quelques crétins suffisamment malades pour avoir congelé leur enfant, leur femme ou leur petite amie et éventuellement sept ou huit terroristes parmi lesquels trois islamistes fous furieux, deux ou trois gosses de ladite ultra-gauche qui auront pété les plombs et deux ou trois mômes de banlieue qui auront voulu noyer leurs innombrables frustrations dans de mauvais remakes de séries télévisées. Voilà ce qui nous restera à faire. On nous désignera les écuries à nettoyer. On nous déconseillera fortement les autres et nous obéirons. Tout le travail fait depuis trente ans, pour que nos métiers restent plus ou moins des services publics au service du public et pas des officines, est en train de s'effondrer. Au service de qui est-ce que nous travaillons ? De la République ? allons donc, ça se saurait. A nouveau nous ne serons plus bientôt qu'une courroie de transmission du pouvoir, et quel pouvoir… Pourquoi croyez-vous que je sois flic ? Parce que, toute petite déjà, je voulais être redresseur de torts, dire "c'est machin qui a tué truc". J'avais besoin de ça, vous comprenez ?

— Je crois.

— Tant mieux.

Je me tais. Je suis allée trop loin une fois de plus. Mon fondant au chocolat est intact. Je n'ai pas envie de fondant au chocolat. Montclair ne dit plus rien. J'imagine qu'il ne sait pas comment répondre. Navrée jeune homme, je n'ai jamais su jouer à la poupée.

— Je suis désolé.

— De quoi ?

Pas de réponse.

— Vous avez quel âge ?

Ma question lui déplaît.

— Trente-huit ans, pourquoi ?

— Je ne sais pas ; j'ai eu envie de savoir.

Nous tournons en rond. Je recommence à m'ennuyer. Il le sent.

— Je ne sais pas très bien quoi vous dire.

— Je vois bien.

— Vous êtes en colère ?

— Ça doit être ça.

— Ecoutez, je sais de quoi vous parlez. Sinon, est-ce que je me serais donné tout ce mal pour vous apporter ces informations ? Vous êtes droite dans vos bottes, madame Vertu ? Et vous pensez que vous êtes la seule ? Vous devriez mettre des tongs plus souvent.

Je ne peux m'empêcher de sourire.

— C'est déjà mieux. Vous devriez manger votre fondant, la sauce va être froide.

Il ne m'enrobe plus, il me dégonfle.

— Je suis à peu près d'accord avec tout ce que vous dites, vous allez peut-être un peu loin mais, dans l'ensemble, je vous suis. Alors on fait quoi ? On baisse les oreilles et on essaie de faire notre travail. Pour moi, c'est un grand jeu géant avec des vraies figurines, des vraies manettes et des vrais *game over*, c'est ça, j'aime les jeux vidéo, c'est de mon âge… Si je perds, je perds. Si on gagne, on boira du champagne. Ça vous va comme ça, sainte Clotilde ? Si, celle qui s'est fait manger par les lions.

— Vous confondez avec sainte Blandine. Clotilde était la femme de Clovis, elle est morte dans son lit. Quant à Blandine, les lions ont refusé de la manger, c'est un taureau qui l'a achevée.

— De toute façon, Blandine ça vous va mieux. Est-ce que je peux quand même finir mon histoire ?

— Je vous en prie.

— J'en étais où ? Belove Latortue cocaïnomane, c'est ça qui vous a déstabilisée – et j'en ai profité, je m'en excuse…

— Jeu vidéo… ?

— Pas du tout. Je n'embrasse pas dans les jeux vidéo et surtout pas des commissaires de police.

— C'est bon, je vous écoute.

— Je pense, sans en être encore certain, qu'il s'est passé deux choses en même temps, voire trois. La prostitution actuelle vient en grande partie de l'Est, les proxénètes albanais, kosovars ou serbes sont parmi les plus cinglés. Une fille peut leur rapporter autour de cent mille euros par an. C'est très juteux et en pleine expansion. Inutile de dire par ailleurs que, dans le milieu, les affaires sont de plus en plus dures ; les nouveaux proxénètes sont des tueurs, des gens nés de la guerre, des milices, à côté les anciens sont presque des enfants de chœur. Mais il ne faut pas confondre abattage et prostitution de luxe. Dans le luxe, le marché est évidemment encore plus juteux et lui aussi en pleine expansion. Comme les 4x4. Non, je n'ai pas de 4x4. Depuis Justine, la nuit d'*escort girl* avec bonne réputation ne se monnaie plus deux mille euros, mais plutôt trois mille, cela dit les salaires des serviteurs de l'Etat comme vous dites, des industriels et autres traders et financiers ont aussi beaucoup augmenté. Dans tout ça, le réseau des pavillons de chasse est bien sûr un peu à part. Les filles y sont particulièrement triées sur le volet. Ça fait quelque temps que les Albanais et surtout les Serbes essaient de piquer ce marché aux anciens, qui ne l'entendent évidemment pas de cette oreille. Graziela et Andreia sont mortes aussi pour ça. Graziela a parlé, en parlant elle a signé son arrêt de mort. Les Serbes ont profité de l'occasion, ils se sont proposés pour l'empêcher de parler, en échange d'un meilleur accès aux pavillons pour leurs filles.

— C'est eux qui ont tué Graziela et Andreia ? Mais les couilles dans la bouche ?

— Maquillage. Fausse piste.

— Vous êtes sûr de ce que vous avancez ?

— A peu près. Les Simoni et autres commissaires corses sont dépassés par la situation, ils n'ont pas les moyens de riposter. Mais ils peuvent donner de quoi faire tomber les Serbes.

— Je vois. Ça arrangerait leurs affaires ?

— Bien sûr. C'est à prendre ou à laisser.

— Ils nous donnent de quoi faire tomber les Serbes et, en échange, ils continuent leurs petites affaires tranquillement, c'est ça ?

— Grosso modo.

— Et ça ne vous pose pas de problème ?

— Vous voyez une autre solution ?

Maintenant, je comprends. On lui a donné l'information. Rien de gratuit. Graziela n'est rien dans tout ça. Je ne suis rien.

— Qu'est-ce que vous feriez à ma place ?

— Rien.

— Pourquoi ?

— Si on fait notre job, dans le meilleur des cas, on arrête le ou les Serbes coupables des deux meurtres. Ça m'étonnerait, ces types-là se laissent rarement attraper, mais admettons. On l'arrête, on le présente à un juge et il dit "Si c'est comme ça, je balance tout". *A priori*, les connaissant, c'est ce qu'il fera. Le juge ne se laisse pas impressionner, mais, dès que le Serbe a commencé à parler, il préfère finalement qu'il se taise, plutôt que de se retrouver avec cette énorme patate chaude sur les bras.

— Et l'affaire se retrouve classée sans suite, c'est ça ?

— Vous avez une autre conclusion en poche ?

— Vous ne pouvez pas organiser des fuites dans la presse, au moins chez vous dans le Sud ?

Mon Dieu, ce sourire à nouveau, même les voisins se sont retournés.

— Vous êtes vraiment adorable.

— Et stupide, c'est ça ?

— Quelle susceptible vous faites ! Vous connaissez un seul directeur de journal à peu près sérieux pour sortir ça ? Vous allez encore me détester ? Je n'ai vraiment pas de chance avec vous.

— Non, c'est moi qui suis à côté de la plaque.

— Ce n'est pas grave, vous ne devriez pas vous en vouloir comme ça.

— A mon âge, c'est ridicule.

— Mais non, c'est charmant. Si tous les commissaires étaient comme vous, les écuries seraient peut-être un peu moins dégoûtantes.

— Alors c'est cuit…

— Vraisemblablement, mais tout ça a quand même le mérite de nous offrir un bon gros dossier à garder sous le coude. Vous imaginez, le moyen de pression ? C'est du luxe, cette affaire-là. Vous allez pouvoir obtenir plein de trucs, maintenant.

— J'ai déjà commencé.

— Vous voyez…

— J'ai quand même du mal à m'y faire.

— Dure loi de la jungle ; personne n'aime apprendre ça, au début. Et puis, ça vient. C'est comme les jeux vidéo, je vous assure.

— Peut-être, mais ils se sentent tellement les mains libres…

— Ils ont les mains libres. Ils ont fait en sorte de les avoir. Ils n'ont juste aucun adversaire suffisant en face pour les contrer. Avant peut-être, les clivages étaient un peu plus marqués, ça permettait de faire sortir certaines affaires. Mais maintenant…

— On n'a que ce qu'on mérite… ?

— C'est vous qui l'avez dit, et ce n'est pas moi qui vous contredirai. Le pognon et la tranquillité, ça se paie.

A cet instant précis, j'ai eu brusquement envie que la conversation s'arrête. J'avais peut-être besoin de réfléchir à ce qu'il venait de dire. Ou juste de ne plus l'entendre. J'ai bâillé, c'est venu tout seul.

— Je sens que vous allez mettre fin à notre dîner.

— Je crois...

— C'est toujours pareil avec vous ; on ne vous tient jamais longtemps, n'est-ce pas ?

— Ça doit être ça.

Je lui ai souri quand même, il n'y était pas pour grand-chose.

— Vous n'y êtes pour rien.

— Je croyais...

J'ai tout mis sur le compte de Rose et de la nuit trop courte, il a dit :

— Je vous revois quand même bientôt ?

— Je n'en sais fichtre rien.

— C'est bon, j'ai compris.

— Je vous en prie, ne le prenez pas mal.

— Je vais y réfléchir. Venez, allons-y.

Il a tenu à payer la note, je l'ai laissé faire. Nous sommes sortis. J'ai dit que j'allais prendre le métro ; il m'a accompagnée jusqu'à la bouche toute proche.

— Je peux vous embrasser ?

J'ai tendu la joue.

— Comme vous voulez.

Il s'est quand même arrangé pour poser ses lèvres au coin des miennes ; je lui ai souri, princesse impériale, et j'ai levé la main pour lui dire au revoir en m'éloignant.

Je n'avais plus besoin d'aller à Cannes, plus besoin de rencontrer une commissaire qui de toute façon ne me dirait rien, Georges était évidemment ravi.

— Tu dînais avec qui ?

— Un flic.

— Sympa ?

— Tout à fait.

— Tu as une drôle de tête.

— Rose m'a empêchée de dormir.

— Alors, on va chez Maurice ce week-end ?

— Il faut d'abord que je règle ça avec Rose. Je n'ai pas très envie de passer le week-end avec elle. Ce n'est pas gentil.

— Débrouille-toi pour qu'elle ne s'en rende pas compte…

— J'y penserai.

J'ai posé ma tête sur l'oreiller. J'ai pensé au baiser de Montclair. A Graziela, passée par pertes et profits. Restait Adams. Il allait payer pour Graziela. Sur ce point, Montclair avait raison ; avec d'Ornano en poche, j'obtiendrais sûrement beaucoup d'avantages, tout n'était pas perdu.

6

LA MORT À TRAVERS SON REGARD

Cette fois, j'y étais, 15 heures précises, vent de nord et pluie glaciale : capitale économique de l'Allemagne réunifiée et des saucisses éponymes : Francfort-sur-le-Main, dite Francfort, sept cent mille habitants, détruite à quatre-vingt-dix pour cent pendant la Seconde Guerre mondiale, ville puissante et froide à laquelle je n'avais jamais réussi à me faire, mais j'aimais Berlin comme Rio ou New York, il ne s'agissait donc pas d'un rejet à fondement ethnique.

Hans était venu nous attendre à la gare, Frankfurt Hauptbahnhof, une des premières et plus grandes d'Europe, j'avais eu le temps dans le train d'apprécier la sobriété de Buren, bonne famille, très bien élevé, port de cou assez raide et très à cheval sur son rôle mais de bonne compagnie. Nous avions eu le temps de peaufiner nos rôles respectifs ; nous étions parés, j'étais donc assez calme. Le principe et l'organisation tant matérielle que juridique de l'audition avaient posé peu de problèmes. Parfois c'était facile ; je ne savais toujours pas pourquoi, dans quels cas les obstacles sautaient ou se multipliaient. J'avais vaguement conscience que ce n'était pas tout à fait étranger à notre travail, à la façon dont nous avions travaillé ; plus j'étais au clair avec les tenants et aboutissants d'une affaire, plus la réalité s'accordait à mes pas. Fallait-il en tirer la conclusion que les enquêtes inabouties n'étaient que des symptôme de défaillance, d'enquêteurs renonçant ou désirant même parfois, pour d'obscures raisons, ne pas savoir ? Peut-être. Les faits en tout cas étaient là, moins je doutais – mais il fallait que ce soit pour de bonnes raisons –, moins la réalité résistait : alors je travaillais avec le bon juge, les bons indices et les bons témoins venaient à moi, plus encore que je ne les trouvais. Ça devait être normal. Sans doute une histoire d'énergie placée au bon endroit. Mon intuition avait vu juste en tout cas, concernant Adams. C'est elle, d'abord, qui avait tout fait. J'étais à Francfort pour achever de la vérifier. Y mettre la dernière main. Un homme comme Buren était capable d'être sensible à ça ; lui aussi savait ce qu'il faisait là, et au nom de quoi.

*

Hans nous a conduits directement à la PJ locale. Je me suis arrangée pour ne pas regarder la ville pendant le trajet, chasser tout risque de contamination par l'extérieur, celui-là en tout cas, Francfort était trop germanique pour moi, par endroits presque brutale, je risquais d'être bombardée de trop d'images et sensations décourageantes ; pas plus que je ne voulais savoir comment Hans avait préparé l'audition. J'avais besoin de me concentrer sur l'essentiel pour m'assurer de ma présence un peu plus tard. Les séances chez Passante m'avaient appris ça aussi. Etre là quand nécessaire. Me taire si nécessaire.

Nous étions d'accord pour laisser Hans conduire l'audition. L'inverse aurait dû logiquement l'emporter, Adams était notre suspect, mais Hans avait des atouts.

Langue maternelle commune. Bagage germano-allemand que seul un national pouvait réellement saisir. Vu le suspect en question, il valait mieux, si on voulait éviter que l'échange ne se fracasse sur les chausse-trapes dont Adams ne manquerait pas de le truffer. La partie serait serrée. La parole déterminante. Nous avions bien quelques débuts de preuve, mais Adams pouvait à peu près tous les contourner, il le savait aussi. La déstabilisation serait la clé. Les mots, la parole ; l'enquête n'était que le corps ; les preuves et autres indices matériels, les bras et jambes. Sans le reste, ça pouvait n'aboutir à rien. C'est pour des moments comme ça que je faisais ce métier. Parole contre parole. De ce qu'étaient l'un et l'autre, surgirait ou non l'aveu. Avouer, *advocare*, appeler auprès de soi. Dire ce qui est, définition même. Capacité de l'un à faire venir l'autre jusqu'à lui. Notre fonction symbolique. Hans ne serait que le représentant d'Harmony-Hortense Majera, de Léonard Levret, de ma voisine. Nous le savions, Buren sûrement aussi, les trois heures passées avec lui dans le train m'avaient permis en tout cas de le supposer.

Hans nous a d'abord préparé un café, j'ai oublié de quoi nous avons parlé. J'attendais. Il nous a conduits ensuite dans un autre bureau, j'avais les mains moites, mon carnet était prêt ; une interprète nous accompagnait si Buren ou moi en avions besoin.

La pièce était nue. Juste une table rectangulaire en son centre, six chaises, six bouteilles d'eau et gobelets.

Nous nous sommes assis. Je me suis efforcée de ne pas regarder par la fenêtre. Hans a passé la tête à la porte et parlé au policier qui la gardait. Quelques instants plus tard, le même homme a laissé passer Johannes Adams, accompagné de son avocat. Il y a eu une sorte de rétrécissement de l'air. Quelque chose s'est figé.

Johannes Adams était aussi haut et large que son avocat était épais et court. L'aryen et le métèque. Acier et terre meuble. Ils se sont assis en même temps. Alors l'air s'est durci, l'espace a encore rétréci. A cet instant précis, j'aurais préféré être un homme. Ç'aurait été plus confortable.

Les yeux d'Adams se sont posés sur moi dès qu'il s'est assis, très bleus. J'ai soutenu son regard, ce que j'y lisais m'était heureusement connu, d'autres l'avaient déjà eu, pesant ma résistance à la peur. C'est d'abord ce que j'ai cru. Mais, derrière, il y avait une autre question. C'est de là que venait son regard si singulier. J'ai mis quelques secondes à comprendre. Mais cette question-là non plus ne m'était pas tout à fait étrangère. D'autres, plus rares, l'avaient déjà eue également. Il s'agissait de mort. Ce qu'Adams tentait de savoir en me regardant la concernait. Le commerce que j'entretenais avec elle, ma capacité ou non à l'aborder, la regarder en face.

Hans n'a pas perdu une miette de l'échange, je sentais son regard posé sur moi, puis passant de l'un à l'autre. Mais il a laissé faire. Il avait raison. Il fallait cette suspension. Ce début d'altercation. Elle nous permettait de prendre nos places. La mort serait donc là aussi. Adams tentant d'y échapper ou de la nier, et nous de savoir quel nom elle avait porté dans l'atelier d'Harmony Majera. Adams avait donc essayé d'emblée de m'intimider. Sûrement un de ses jeux favoris. La mort à travers son regard. Comment ses employées auraient-elles pu s'y opposer seules ? Nous étions là pour ça. Pour avoir appris à la regarder, la toucher également à mains nues. Flics et juges avaient cette fonction aussi, cette spécialisation, ou bien ceux qui savaient trop bien jouer avec celle des autres l'emporteraient. La mort est ainsi. Ça n'a pas duré plus de quelques secondes. Moins subtil ou plus pressé peut-être, son avocat a cru le moment venu d'intervenir.

Il s'est tourné vers Hans et a dit :

— Mon client a accepté, par courtoisie et pour faire preuve de sa bonne volonté, le principe de cette audition infondée et ridicule [*lächerlich*... en alsacien *lächer* voulait dire "trou", ça m'a fait sourire] et parce qu'il est un homme respectueux de l'ordre. Nous vous demandons en conséquence de bien vouloir poser les deux ou trois questions que vous avez prévues afin que nous puissions sans plus tarder retourner à des affaires plus urgentes, mon client dirige, vous ne l'ignorez pas, une entreprise importante à laquelle il consacre l'essentiel de son temps.

Traduction approximative de ma part mais sûrement proche de la réalité. Hans l'a à peine laissé finir. A moins même qu'il n'ait mis fin à la tirade par sa façon de se pencher brusquement vers Adams, le buste très en avant à travers la table. Je me suis tournée vers lui. Nous avons tous tourné nos regards vers lui.

A l'instant où il a prononcé le premier mot, au son étonnamment métallique de sa voix, j'ai eu la certitude de ce qui allait se passer, même si j'ignorais comment. A travers ces deux hommes mis à la même table par une série de hasards incontrôlés, un bout de leur histoire commune était appelé à témoin. Hans Eichler le savait. Ils étaient chacun le fils de cette histoire. Hans savait ce que chacun d'eux lui devait. Comment elle en avait fait des adversaires. La mort dans l'histoire de leurs pères en faisait partie. Ce qu'elle leur avait légué.

J'ai ramassé tous mes souvenirs passés et présents de la langue allemande, évité de regarder qui que ce soit et j'ai écouté la voix de Hans dans cette pièce nue comme un violon de Mozart au détour de ruines. Hans seul à la table, seul à l'archet, fils orphelin de cette histoire que pourtant il partageait avec Johannes Adams.

Adams n'a pu s'empêcher de le regarder. Sans doute avait-il compris ce qui se tramait à l'instant où il était entré dans la pièce et avait vu Hans. Voir, dans ce cas, était essentiel. Adams n'avait pu éviter de savoir qui lui faisait face. Il avait quelque chose à taire ; cette circonstance particulière avait tout aiguisé en lui.

Je les ai vus se regarder. J'ai fermé les yeux un instant. Buren ne bougeait absolument plus. Ce qui se passait nous dépassait. Une histoire en affrontait une autre. La lutte était à peu près égale, mais pas ce qui en adviendrait. Que Hans ou Adams l'emporte faisait une grande différence. Ce que l'Histoire n'avait pu résoudre en temps voulu se représentait à nouveau sous nos yeux. Dieu bénisse celui dont les yeux restent ouverts. Dieu bénisse les témoins de la catastrophe. Que Dieu laisse les hommes régler leurs affaires entre eux.

Hans, debout, a ouvert un dossier sur lequel était écrit au feutre noir "Johannes Adams". Il en a tiré une lettre manuscrite, l'a lue. "Je soussignée E. A. – il s'agit d'une femme –, employée de l'entreprise Adams Geschäft depuis – je préciserai la date ultérieurement si nécessaire –, témoigne aujourd'hui sous serment que M. Johannes Adams, mon employeur, s'est livré sur ma personne, chaque vendredi à 16 heures, à des rapports sexuels non consentants, sous la menace d'un licenciement immédiat."

L'avocat d'Adams bondit aussitôt, debout le bras droit en l'air, le plus haut possible :

— *Lächerlich ! schändliche !* [honteux], *das ist eine skandal !*

— *Schweigen !* [silence !] a crié Hans. *Halt den Mund*, littéralement "Arrêtez votre bouche". *Das ist nicht fertig*, "Ce n'est pas fini" !

J'ai regardé Adams. Il était cireux. Buren, incroyablement calme, ne bougeait toujours pas. L'air s'est fractionné. Hans a ordonné à l'avocat de se rasseoir. Son visage à ce moment-là, au milieu de cette pièce, m'a paru presque inconnu. Peut-être était-ce le cas. Peut-être était-il très éloigné de nous, seul à connaître où il se trouvait.

Il a levé vers ses yeux une deuxième lettre. "Je soussigné, docteur Albertein, membre de l'unité de gynécologie du Frankfurt Krankenhaus – hôpital –, atteste sous serment, par la présente, la présence de liquide séminal, ce vendredi… novembre, dans la cavité vaginale de Mme E. A." L'avocat est debout à nouveau mais cette fois ne dit rien : Hans vient de prendre une troisième feuille. "Analyse génétique positive. Corrélation entre échantillon de sperme et séquençage sujet masculin."

Alors enfin, il se tourne vers moi, dit en français "Le sujet masculin dont il est question est M. Johannes Adams ici présent", puis traduit mot à mot en allemand.

— *Schändliche ! schändliche !* recommence à hurler l'avocat.

Que qualifie-t-il cette fois de honteux ? Les lettres, leur contenu ? Le sait-il lui-même ? Il vient en tout cas de se tourner vers Adams. Peut-être attend-il une aide, qu'il lui dise au moins quelque chose. Adams sourit sans le regarder. L'avocat n'obtiendra rien. Le sourire d'Adams est à la fois sec, étonné et très lointain. Alors Hans, tourné vers lui, reprend la parole :

— Monsieur Adams, vous nous dites ce qui s'est passé samedi... novembre dans l'atelier de Mlle Majera et il sera tenu compte de votre coopération. C'est le choix le plus raisonnable. Ou vous refusez de coopérer et je lâche les chiens. Je me propose de vous accorder quelques minutes pour prendre votre décision.

C'est extrêmement ferme. Entre cette voix et lui, pas le moindre interstice où surprendre l'ombre d'un doute ou d'une irrésolution. Je suis impressionnée. Hans Eichler s'oppose à la ruine. Quand il a dit "lâcher les chiens", c'est venu tout seul, les quais de tri la nuit, dans Birkenau et Treblinka, Auschwitz et Mauthausen, les chiens lâchés sur ceux qui ne sortaient pas assez vite des wagons à bestiaux. Peut-être est-ce la voix de Hans qui a fait ça, les circonstances particulières de cet après-midi de Francfort-sur-le-Main, ville puissante et froide, à quatre-vingt-dix pour cent détruite par les bombes pendant la Seconde Guerre mondiale. L'image du violoniste est revenue. L'homme seul avec violon. J'ignore pourquoi.

Hans se tourne alors vers Buren et moi, dit en français "Passons à côté". Je dois le laisser faire. Nous nous levons. A la porte, Hans ajoute en allemand en direction d'Adams "Je vous laisse parler avec votre avocat, vous avez dix minutes". Aucun commentaire ; j'aime cette façon de faire. Hans n'est pas là pour commenter. Il a fait en sorte que ce qu'il avait à dire suffise.

Dans le couloir, il me dit "La fenêtre est verrouillée" puis prévient le policier de garde de ce qui vient d'être décidé. Je le vois essuyer son front. "Ce n'est pas exactement ce que j'avais prévu de faire, dit-il, mais je ne l'avais encore jamais eu face à moi."

*

La porte de la salle est gardée par le policier. Hans ne dit plus rien. Nous ne lui demandons pas d'explication. Il nous propose un autre café, nous déclinons. Il nous invite à nous asseoir sur les chaises du couloir. Le va-et-vient est permanent, je ne cherche pas à comprendre les bribes de phrases de ceux qui passent. Je suis fatiguée. Hans porte pourtant le poids. Je me refuse à prévoir ce qui aura lieu quand nous retournerons dans la pièce, je veux juste attendre, être là. Buren et Hans se parlent, l'allemand de Buren est appliqué, scolaire, Hans lui répond en français. Je n'écoute pas. Je pense aux tableaux de la peintre, au dessin du corps sur le plancher, au garçon entré dans l'atelier. La mort suspend. Nous avons pour fonction de la nommer.

Je n'ai pas entendu la porte se rouvrir. Hans touche mon épaule, dit "Nous y allons". Un instant sans savoir pourquoi, je pense à Montclair. Montclair est aux poupées de Noël, ce que Hans est à l'arbre de Noël. L'arbre préexiste. Aucun ne m'a jamais déçu. J'aimais, j'aime et j'aimerai les voir investir la maison quelques jours avant les fêtes. Ils viennent d'assez loin, aucun n'est semblable à l'autre.

Hans me sourit, pose une main sur mon bras et me précède dans la salle. Les deux hommes sont assis, l'avocat se racle la gorge :

— Mon client exige la mise en place d'un arrangement honorable. Sa coopération dans l'affaire le liant à cette peintre française qui, je vous le rappelle, a abusé de sa confiance et de ses largesses, contre l'abandon de toute poursuite en Allemagne ; me suis-je bien fait comprendre de tout le monde ?

Hans demande à l'interprète une traduction exacte de ce qui vient d'être dit mais pour moi c'est inutile, j'ai compris chaque mot. J'attends qu'elle ait fini, je dis en français "Pas question de répondre maintenant". Hans traduit. Cette fois, c'est moi qui regarde Adams. Adams est une machine. Les machines peuvent connaître des ratés. Dans ce cas, elles sont réparées ou jetées. Adams a opté pour la réparation. Je sais qu'il n'est que le fils de son histoire ; il doit pourtant en répondre. Ou il n'y aura bientôt plus de sapins dans les forêts.

Je me tourne vers son avocat. Je dis en allemand "Nous nous retirons, vous attendez ici avec votre client". Je ne lui ai pas laissé le choix. Johannes Adams non plus. Mauvaise journée pour le petit homme. Adams se protège derrière lui, c'est sans doute pour ça qu'il l'a choisi. Le petit homme est là pour recevoir les coups. A tout moment, Adams peut lui signifier son congé ; il fait partie des machines utilisées par Adams. Pour la machine Adams, tout est machine, ses ouvriers, les ouvrières dont il abuse, Hortense Majera, Buren, Hans ou moi. Dans son monde, il ne peut pas en être autrement. Son père était favorable à la mort industrielle dans les chambres à gaz, c'est cette version-là qu'il a dû transmettre au petit Johannes avec sa chicorée du matin. Petit Johannes a appris machine et cette vision du monde lui a semblé suffisamment convaincante pour qu'il l'adopte. Comment peut-il s'en défaire ? Il a cassé la machine Majera parce qu'elle ne marchait plus assez bien. Je suis navrée pour lui. C'est un salopard et je suis navrée pour lui. Pourquoi laisserions-nous les héritiers des bourreaux industriels nous casser les couilles sans rien faire ? Je n'ai pas le choix, moi non plus. Comme je ne suis pas certaine qu'il puisse un jour comparaître devant ce surgeon de conscience qu'il possède forcément quelque part entre son reptilien et son cortex, et changer de point de vue. Mais sait-on jamais. En attendant, Hortense Majera n'avait pas à payer pour sa maladie de cerveau.

Adams est furieux que ce soit moi qui ai parlé à son avocat, et en allemand. Pour m'avoir vue, il sait maintenant que je suis juive – et je suis une femme. Doublement *Untermenschen.* J'ai un peu fait exprès, je l'avoue, je ne déteste pas traquer le Cro-Magnon quand c'est possible mais je fais toujours très attention ; le Cro-Magnon a la violence facile. Mieux vaut parfois fuir. Aujourd'hui je ne suis pas obligée. Il en est parfaitement conscient. Il écarte lourdement ses jambes et se renfonce contre le dossier de la chaise. C'est signe qu'ils attendront, que, à ce stade-là de la partie, il ne tentera pas de négocier.

*

Nous sortons une nouvelle fois, Hans nous reconduit dans le bureau où il nous avait accueillis à notre arrivée. Cette fois, nous acceptons son café, la nuit commence déjà à tomber sur Francfort, Hans me regarde :

— Qu'est-ce que vous pensez de sa proposition ? Mais c'est Buren qui prend la parole. Buren n'a pas encore dit un mot, sa capacité au retrait est d'autant plus impressionnante qu'elle n'est pas, je crois, un signe de faiblesse.

— Nous concernant, justice française, l'arrangement est évidemment favorable mais n'est-ce pas un peu gênant que cet homme échappe à toute procédure en

Allemagne, les faits sont tout de même suffisamment avérés je crois ?

Ainsi c'était donc ça, "nous concernant, justice française", c'était donc de là qu'il tirait sa splendeur et son calme. A son "moi François-Xavier Buren, dit justice française", suis-je capable d'opposer un "moi Régine Partouche, dite police française" ? L'ai-je seulement pensé un jour en ces termes ? La première année peut-être, mais ensuite ? Je l'envie évidemment, inutile de le nier, j'aimerais moi aussi pouvoir m'appuyer sur un tel socle. Que nenni… Hans se tourne vers lui :

— Je sais. Mais, voyez-vous, je préfère finalement que sa proposition aille dans ce sens, c'est d'ailleurs un étrange calcul de sa part. S'il tombe pour Majera, c'en est fini de toute façon de son entreprise. Mais il évite le scandale, l'opprobre, la honte. Celle de ses pairs. Sa réputation. On lui passera plus facilement la mort d'une gauchiste qui s'est moquée de lui. Et vis-à-vis de ses employées, j'aurai quand même plus ou moins la conscience tranquille.

— Elles ne bénéficieront pourtant d'aucun procès…

— Je sais, monsieur Buren. Mais je peux encore tenter d'obtenir des dommages et intérêts.

— Comment ?

— Son entreprise sera vraisemblablement mise sous tutelle. Je peux négocier avec lui un arrangement avant : il dédommage financièrement les employées ou j'organise des fuites dans la presse.

— Elles accepteront d'être lésées d'un procès ?

— Nous verrons bien. Le plus important est que les actes aient été reconnus. Que la suprématie d'Adams ne l'ait pas empêché. C'est en cours, n'est-ce pas ?… Est-ce qu'on accepte la liberté sous caution ? C'est évidemment ça qu'il va proposer…

— Pas question. Je ne lui fais aucune confiance.

C'est moi qui viens de le dire ; à l'idée qu'il ressorte libre, l'alarme s'est à nouveau déclenchée.

— Vous avez peur qu'il fuie ? demande Buren.

— Non, je pense plutôt à l'employée qui a témoigné, aux autres éventuellement.

— S'il fait quoi que ce soit contre une de ces personnes, il est cuit.

— Je ne suis pas certaine que cet homme raisonne en ces termes. Vous n'auriez pas tué une femme sous prétexte qu'elle n'avait pas fini de peindre votre tableau, n'est-ce pas ? Adams a d'autres critères.

— Vous ne voulez tout simplement pas le voir en liberté…

— C'est ça.

— Je comprends. Je peux le mettre en garde à vue ici, si j'ai votre accord, ainsi nous gagnerons un peu de temps pour régler les problèmes administratifs liés à une extradition.

Visiblement nous étions d'accord. Mon alarme s'est apaisée. Adams est un ogre. Nous avions porté atteinte à son pauvre fondement de machine ; j'aurais jugé insupportable de le laisser repartir libre. Cet homme ne pouvait être laissé en liberté, celle des autres lui était trop insupportable.

*

Nous sommes retournés dans la salle. J'ai cru entendre Hans dire au policier de garde “Soyez là dans trois minutes, quatre hommes, pas de bleus”.

Adams a jeté un rapide coup d'œil sur moi quand je suis entrée. Je me suis sentie glacée. La haine de cet homme à mon égard était glaçante. C'est bien pour ça que Hans et moi étions flics et Buren justice française : absolue nécessité de protéger certains d'entre nous. Notre inégalité était trop grande devant les ogres. Il fallait des entraves, c'est à ça que nous servions. Nous étions la colère – et c'est pour ça que ce métier ne pouvait être mis entre toutes les mains.

Hans, resté debout, a regardé tour à tour les deux hommes et dit en allemand :

— Nous acceptons l'arrangement. M. Adams aura à répondre de son rôle dans l'affaire concernant Mlle Majera. Il sera tenu compte de sa coopération.

L'avocat s'est tourné vers Adams.

— Vous voyez… allons-y.

Hans a fait un pas vers lui :

— Désolé, maître Schwartz, vous ne m'avez pas laissé finir. M. Adams ne va nulle part. Il est en garde à vue à partir de maintenant.

— *Was ?! Was ?!*

Je suis allée moi-même à la porte et j'ai fait entrer les quatre policiers.

— Il n'y a pas de *was*, maître Schwartz, nous n'accorderons pas à votre client la liberté sous caution.

— *Lächerlich ! Lächerlich !*

Les policiers se sont avancés de manière à occuper eux aussi désormais le centre de la pièce.

— Votre client va coopérer, maître Schwartz, c'est dans son intérêt.

— Son intérêt ?! s'égosille le pauvre homme, que signifie ?

— La position de M. Adams est délicate. Votre client doit le comprendre. Une liberté sous caution pourrait s'avérer contraire à ses intérêts.

Alors Adams se lève. Les quatre policiers esquissent un mouvement dans sa direction et l'interrompent. Ils ont montré qu'ils étaient là. Adams se tourne vers son avocat. Il le domine de deux têtes, se penche vers lui et dit “Dehors”.

— Mais… je… mais… c’est…

— Prenez vos affaires. Dégagez.

Nous sommes tous debout désormais. Le petit homme récupère le dossier qui ne lui a servi à rien, sa veste posée sur la chaise. Le petit homme ne regarde plus personne. Deux policiers s’écartent pour le laisser passer. Personne ne le regarde. Il sort.

— Vous pouvez désigner un autre avocat, dit Hans.

Adams ne répond pas.

*

Hans a dit en riant que, la réputation de la cuisine allemande n’étant plus à faire, il nous emmenait dans un restaurant typique, chez Sohar. “Ils font le cou d’oie farci comme personne, ma chère Régine, j’ai pensé que vous aimeriez.”

Il est 20 heures à Francfort-sur-le-Main. Nous, justice française, police allemande et française réunies devant un foie aux oignons. Il y a des chandeliers sur les tables, une rose dans un soliflore, des broderies aux nappes. C’est beau à pleurer, on dirait l’Europe d’avant la catastrophe, on dirait le vieux continent paré pour mille ans de progrès et de luttes, de démocratie et de vie sur terre. Le temps a cessé d’être. La vieille Europe sait abolir le temps, toutes les très vieilles civilisations savent.

Adams est dans sa cellule, nous avons correctement travaillé ; je me refuse à savoir ce qui attend mon retour, Buren raconte comment sa femme a décidé de quitter sa brillante carrière à la Cour des comptes pour son association de prévention du suicide. “Son petit frère en est mort, garçon brillant, délicieusement charmant ; mes beaux-parents tenaient absolument à ce qu'il termine Polytechnique, une tradition familiale. Mais il voulait être marin.” Il sourit. La justice française dîne ce soir à Francfort d'un cou d'oie farci ; ce soir, la justice française est honorable. Vendredi, Elisabeth ne sera pas violée par Adams.

Nous avons bu ensuite un verre de schnaps à la cerise dans un bar branché. C'est seulement à ce moment que Hans nous a appris qu'il allait se marier. “A quarante-trois ans, est-ce bien sérieux ? J'ai eu envie… ou peut-être dire que, cette fois, je m'engageais. Elle est psychanalyste. Juive également.” Nous l'avons félicité. Buren s'est levé, un serveur est arrivé quelques minutes plus tard, porteur de trois coupes et une Veuve Clicquot.

Cette nuit-là, j'ai dormi tranquille.

7

LA VERTICALE EXACTE DU SOLEIL

Francfort, 7 heures du matin, nuit noire ; réveil, je me souviens : Adams, Veuve Clicquot, mariage de Hans. Je suis donc à Francfort, Allemagne ; c'est assez loin de moi. Je suppose qu'il n'y aura ni muffins ni Georges à la table du petit-déjeuner.

Francfort, 7 h 30, salle du petit-déjeuner. Buren est déjà là, je le soupçonne d'être matinal et très en forme dès la première heure. C'est le cas semble-t-il, au sourire qu'il m'adresse et son "En forme, commandant ? Les saucisses sont excellentes, j'adore les breakfasts continentaux". Je ne suis pas encore apte à répondre. "Je vois..." dit-il, abandonnant sagement la partie ; l'équivalent du "holà..." de Georges. J'adore les nuits d'hôtel, dormir dans un lit dont je n'ai pas eu à laver les draps, me laver dans une salle de bains que je n'aurai pas à nettoyer, m'autoriser même à laisser la serviette en tapon – mais l'obligation dans laquelle je me trouve de me laver et m'habiller, sans avoir auparavant bénéficié d'une gorgée de café, m'insupporte. A Singapour au moins, toute chambre est dotée d'une bouilloire électrique et d'un infâme sachet de café en poudre. Asiatique sens de l'humanité. A Francfort, non. J'ai seulement trouvé sur la table de chevet un Nouveau Testament. Je déteste qu'on mette ça à côté de mon lit sans que j'aie rien demandé. Je déteste les protestants pour ça, leur culture cul-bénit, c'est le cas de le dire, leurs blablas sur le salut programmé de nos âmes. Salut, âme, ça va ? Moi c'est Régine.

Pauvre Buren. Je suis bougon et ça tombe mal : les Allemands ne savent pas non plus faire le café. Le breuvage pisseux des Anglo-Saxons est à l'arabica des hauts plateaux ce que la voix est à l'épouse de notre nouveau président, à peine un ersatz, un succédané. Inutile donc de m'appuyer sur la troisième tasse pour espérer la moindre amélioration. J'opte en dernier recours pour des saucisses et un œuf au plat. "Ah, je suis heureux de voir que nous partageons le même appétit", tente Buren à qui je n'ai pas encore décroché un mot. Je me contente de répondre "Leur café est une soupe infâme" en espérant qu'il va saisir le subliminal de mon message – et me laisser en paix. Son sourire s'élargit, il se penche vers moi :

— Tudieu, dirait ma mère, cette femme-là n'a pas un caractère de Marie-Joseph !

— Traduction ?

— Vous ressemblez à un bouledogue.

— Sans café, je dépéris.

— Je vais arranger ça.

Il lève son mètre quatre-vingt-dix, traverse la salle, prend le maître d'hôtel à part, le maître d'hôtel me regarde et disparaît dans les cuisines, Buren attend. Je tente d'étancher ma froide frustration dans les saucisses. Que nenni.

— Double expresso *ristretto*, madame, avec les compliments de l'hôtel.

Le maître d'hôtel en personne, serviette blanche sur le bras, pose devant moi une longue tasse blanche, l'odeur m'atteint aussitôt, enfin quelque chose de connu et d'humain, enfin je souris, le maître d'hôtel attend que je porte la tasse à mes lèvres. C'est ça. Exactement ça. Les cloches de Saint-Pierre de Rome à toute volée. Le pape lui-même en slip de bain léopard. Bravo. Magnifique. Je pose la tasse :

— *Das ist kostspielig* – c'est somptueux.

Buren est aux anges, le maître d'hôtel repart, la roue de la fortune redémarre enfin.

— Vous en voulez un autre ?

— Avec grand plaisir.

Au troisième, je me souviens, je suis sur terre, sur terre nous traversons parfois d'idylliques minutes. J'emmerde Pucheu et consorts. Qu'on les sorte, qu'on les congédie, qu'on les traduise devant le tribunal de nos pauvres histoires. Le jambon frit a enfin du goût, la saucisse est enfin mangeable.

— Je vous dois une fière chandelle.

— Geste purement égoïste ma chère, à l'idée de faire le trajet de retour avec vous dans cet état, j'ai préféré tenter le tout pour le tout.

*

Francfort, 8 h 15, Hauptbahnhof ; Hans prenait en charge la fin de la garde à vue, nous avions d'autres chats à fouetter en attendant ; il ferait ça très bien. "Un homme remarquable", avait dit Buren quand nous l'avions quitté, et cela signifiait qu'il appuierait mes démarches pour boucler l'affaire.

Ce qui m'attendait était bien plus difficile que Johannes Adams, la suite l'a confirmé.

A 8 h 50, Plantin m'appelle ; je vais dans le couloir.

— Ça y est, ils ont leur suspect pour la poubelle : un Serbe.

— Quel genre ?

— Homme de main, ancien milicien. Ses empreintes étaient évidemment déjà dans les fichiers. Inutile de dire qu'ils n'y ont trouvé que les siennes. Ils ont lancé un avis de recherche Interpol mais, si vous voulez mon avis, ça fait un moment déjà qu'il est quelque part dans les montagnes de Pale.

— Je vois. Tu peux appeler Montclair à Marseille pour vérifier où ils en sont de leur côté ?

— Ça va. Et vous ?

— Adams est en garde à vue, il a proposé un arrangement, on en parle tout à l'heure.

Je suis retournée m'asseoir, Buren lisait. J'ai toussoté.

— Je peux vous parler ?

— Avec plaisir.

— Ça ne vous ennuie pas d'aller dans le couloir ?

— Pas de problème.

Il a un peu plié son mètre quatre-vingt-dix vers moi.

— Tout ceci doit rester entre nous.

— Pas de problème.

Alors j'ai tout repris. Lundi noir, poubelle, Loge, d'Ornano, Cannes, Serbe, Pucheu, serviteurs de l'Etat, Belove Latortue, Graziela Perção, Andreia Brendão. Je n'ai pas édulcoré, j'ai conservé les détails, il entendait tout, je le savais, j'avais confiance en lui ; il le savait aussi.

J'ai fini avec le coup de fil de Plantin à l'instant. Il a compris que j'avais terminé, a redressé son mètre quatre-vingt-dix et dit "je vois". Je savais qu'il ne commenterait pas, ça me soulageait d'avance.

— Et votre question est ?

— Lâcher ou pas.

J'ai pensé à *lächer*, "trou" en alsacien ; exactement ça. Laisser ou non le trou béant.

— Le choix est éminemment difficile.

Chez eux, ils devaient parler comme ça, avec éminemment.

— Je crains malheureusement pour vous que vous n'ayez pas le choix. Je serais même tenté de vous conseiller assez vigoureusement l'abstention. Vous ne trouverez pas un procureur pour vous suivre. Marchand ? Vous plaisantez. Marchand fait tout à fait correctement son travail mais il en connaît parfaitement les limites. Je crains que votre dossier ne soit tout simplement indéfendable. Pas d'un point de vue éthique, j'entends bien et j'en suis sincèrement désolé pour vous, je comprends tout à fait votre point de vue ; d'un point de vue professionnel, s'entend. Ce que j'aurais fait si un tel dossier m'avait été présenté ? Bonne question. J'aurais vraisemblablement pris le parti d'utiliser tous les actes de procédure à ma disposition pour aller le plus loin possible… et encore… J'ai plus de vingt dossiers en cours, commandant, dont dix concernant la qualification de crime, je peux donc être amené à privilégier celui qui a le plus de chance d'aboutir, je pense que vous me comprenez. Pour que votre dossier aboutisse réellement, il faudrait que vous puissiez rendre publique l'existence de ces maisons de tolérance étatiques – et vous savez comme moi que ce genre d'annonce ne peut être le résultat que d'un rapport de force politique : si personne n'a intérêt à faire tomber un de ses adversaires sur le sujet, le sujet n'émergera pas. Se pose ensuite la question du procureur, et donc du ministère, et donc du ministre… Admettons que, à la suite d'une faiblesse purement suicidaire, le pouvoir laisse émerger cette information, il vous faudrait ensuite vous atteler au trafic de prostitution dans lesdites maisons de tolérance et donc aux responsables de ce trafic. Puis il faudrait, enfin, que vous démontiez le système par lequel des règlements de compte internes ont conduit deux “employées” de ces maisons à être supprimées. C’est je crois impossible, commandant, ne pensez-vous pas ?

J’ai parfaitement entendu. En vertu du principe de réalité, il a raison.

— Cette affaire ne vous était pas destinée, commandant.

— Et que faisons-nous, dans ce cas, de Graziela et Andreia ?

— Je sais, je sais… Victimes de la raison d’Etat ou de sa déraison. Voulez-vous que nous allions prendre un café au bar ?

Mon portable sonne à nouveau, c’est encore Plantin.

— J’ai eu Montclair. Ils ont abouti au même Serbe ; désolé, patron. Vous voulez que je fasse quelque chose en attendant ?

— Je crois que c’est inutile.

— Vous voulez que j’aille voir Blancard ?

— Ça ne changera rien.

— D’accord. A tout à l’heure, patron.

Le bar de la rame était vide et nous venions de passer la frontière.

— Dites-moi, François-Xavier, vous avez déjà eu à renoncer en cours d’instruction ?

— En 2003, sur environ 35 000 affaires entre les mains d’un juge d’instruction considérées comme terminées, dont environ 8 000 qualifiées de crime et 27 000 de délit, 11 700 se sont terminées sans mise en examen, dont 8 300 sur une ordonnance de non-lieu.

— Vous connaissez ces chiffres par cœur ?

— J’ai eu à préparer un dossier pour le syndicat. Donc oui, en réponse à votre question, j’ai déjà eu à renoncer. J'arbitre sans cesse entre les dossiers que j'ai une chance de voir aboutir et ceux dont je sais par avance qu'ils ne mèneront à rien.

— Vous aimez ce métier ?

— Profondément.

— Pourquoi ?

— Fonction indispensable dans une société. Nécessité d'être le plus honnête possible vis-à-vis de sa charge. Une sorte de fil rouge permanent, qui m'empêche à la fois de me lasser et me laisser trop aller.

— Si je renonce à cette affaire, je renonce à cette honnêteté.

— Vous pouvez évidemment choisir le baroud d'honneur. C'est à mon avis une décision éminemment personnelle.

— Vous feriez quoi ?

— A mon âge ou au vôtre ?

Je souris.

— Vous n'êtes pas froissée, j'espère.

— Non… Votre question est légitime.

— A votre âge, tout dépendrait, pour prendre une telle décision, du montant de mon épargne-retraite, de la solidité de mes artères et de mes projets d'avenir. Chacun de nous, je pense, n'a droit qu'à un baroud d'honneur. Il convient de ne pas se tromper.

— Vous avez sans doute raison.

— Ni vous ni moi ne sommes de taille à faire tomber Paul Pucheu.

— Vous le connaissez ?

— Assez bien, nous avons partagé les mêmes amphithéâtres en fac de droit.

— Comment était-il ?

— Assez peu sûr de lui, jusqu'au moment où il a intégré les jeunesses de droite. Son appartenance au groupe l'a transformé. Il est devenu arrogant.

— Et… sentimentalement ?

Il sourit.

— Il a connu la même évolution. Il n'était pas le seul. Une grande partie des réseaux actuels remonte peu ou prou à cette époque. Leurs années de formation.... cela m'a permis de savoir à qui j'aurais affaire dans ma vie professionnelle ; ce fut très utile. C'est bien la raison pour laquelle j'ai intégré le syndicat assez vite. Nous savions face à qui nous étions et que nous devions être groupés pour résister. Sans syndicat, nous aurions été laminés. Ces gens ne comprennent que le rapport de force. Je suis si peu surpris de ce que vous m'apprenez de leurs mœurs. Je crains sincèrement que vous ne puissiez rien faire, commandant. Chaque époque engendre un rapport de force particulier. Pour l'instant, ils ont les rênes, il faut remonter à quelques décennies pour trouver une aisance comparable dans leurs rangs. La plupart d'entre nous se contentent pour l'instant de sauvegarder ce qui peut l'être. Un seul point me rassure, je pense que tout cela changera à nouveau dans quelque temps, l'histoire est ainsi faite. Pour l'instant, les appétits sont féroces. Leurs mœurs le sont également. Il faut compter sur les petits meurtres entre amis pour les voir s'affaiblir, c'est malheureux mais c'est ainsi. Ça a déjà commencé. La droite de ce pays est heureusement beaucoup moins uniforme qu'on ne veut bien nous le faire croire. Les haines y sont aussi tenaces que dans le camp adverse. Nous apprenons à en jouer, y compris à notre niveau. C'est pour l'instant à peu près la seule marge de manœuvre. Les choses ne sont pas très différentes chez vous, n'est-ce pas ?

*

A midi cinq, le TGV entrait en gare de l'Est. Nous nous sommes séparés, nous avions rendez-vous avant la fin de la semaine pour travailler sur le dossier Adams.

Je suis allée directement au bureau ; une nouvelle convocation de Pucheu m'y attendait, Plantin n'était visiblement plus là ; je suis donc allée directement chez Pucheu. Jessica a dit à mi-voix :

— Il est occupé, il va falloir attendre.

— Ce n'est pas grave, je reviendrai.

— Vous partez ? Mais…

— Vous m'appellerez quand il aura fini.

— Ah… euh… attendez, attendez…

Elle décroche son téléphone, dit toujours à mi-voix en se détournant de moi :

— Oui, elle est là, monsieur.

Elle raccroche, se retourne vers moi dotée de son exquis sourire.

— Vous voyez, je le savais, il va vous prendre.

Je ne peux m'empêcher de sourire à l'idée que Pucheu pourrait me prendre, mais elle ne peut pas le savoir. Je m'assieds face à elle, il n'y a pas d'autre chaise. Elle me sourit à nouveau, m'offre par inadvertance celui qu'elle réserve aux hommes, un mélange d'invitation à la séduire et d'ennui profond. Ma présence la gêne, elle n'ose pas se remettre au travail, je prends les devants :

— Alors, votre travail vous plaît, Jessica ?

Elle semble d'abord étonnée, enroule un doigt dans une de ses mèches, baisse les yeux :

— Depuis que je suis toute petite, je veux travailler dans la police…

— Ah bon, pourquoi ?

La pauvre enfant n'a de toute évidence pas l'habitude qu'on s'intéresse de près à son cas – *via* ce genre de question en tout cas – et n'a aucune réponse toute faite à m'offrir.

— Eh ben… je sais pas… vous savez… je sais pas… c'est intéressant.

— Et ça se passe bien avec le directeur, vous êtes contente ?

Je sais, ce n'est pas charitable, je ne suis pas charitable, je profite de mon âge, de ma place, de ma fonction.

Elle me regarde, un peu inquiète :

— Ah oui, très bien… Non, non, je n'ai pas à me plaindre. Ah non, on ne va pas dire que, avec lui, c'est plus difficile.

Pauvre chou, si elle s'entendait… Je me fais presque honte, la charité se plaint, ma conscience reprend finalement le dessus. Je dis :

— C'est bien alors, tant mieux, et je montre que je m'arrête là.

Elle ne sait plus quoi faire, se remet à son ordinateur. Les minutes passent, mon aplomb se défraîchit, je connais pourtant la procédure, le procédé, qu'importe.

Un quart d'heure plus tard, la porte s'ouvre enfin. Un homme est devant Pucheu, pose les yeux sur moi, se retourne, serre vigoureusement la main de Pucheu qui prend son bras et dit "Merci, je compte sur vous".

Le regard de l'homme se pose en passant sur Jessica, d'instinct elle penche la tête sur le côté, balaie ses cheveux d'une main, sourit. L'homme se penche un peu à son tour vers son décolleté. "Mademoiselle", dit-il en s'éloignant.

Pucheu est resté à la porte.

— Commandant, c'est à vous.

C'est extrêmement sec.

Je le suis. Il tend sans un mot le bras vers un des fauteuils. Je m'assieds. Pendant un instant, personne ne dit rien. Un instant étrangement lent, et, de la part de Pucheu, il m'étonne ; il ne m'a pas habituée à la suspension. Je l'en croyais incapable.

D'un coup de reins et de roulettes, il rapproche son directorial fauteuil en cuir noir de son directorial bureau en verre. Nous nous regardons. J'ai le sentiment à cet instant qu'il sait ce que je sais, c'est presque une certitude, mais je me méfie de moi. Il cherche en tout cas quelque chose. C'est la première fois que je le sens tergiverser. A force de mettre en avant ses propres règles du jeu, il a perdu de vue un élément pourtant traité de long en large dans tous les Sun Tzu du monde : connaître son adversaire. La faille de cette nouvelle génération est là. Heureusement.

Il tapote le bout de son stylo sur le verre du bureau. J'entends le tac tac tac, puis :

— Vous connaissez peut-être l'homme qui vient de quitter mon bureau.

— Je ne crois pas.

— Frédéric Lanquelart, un inspecteur en chef de l'IGS.

— J'ignorais.

A ce moment sans doute, je comprends ce que je fais là, et aussi que je m'étais préparée à tout sauf à ça. "Vous êtes bien trop naïve" ; c'est ça Vrémont, exactement ça. La naïveté n'est qu'une façon de n'avoir pas pu ou voulu placer les bonnes ressources au bon endroit ; trop inconfortable. Je le sais, je l'ai déjà dit, nous leur avions fait un boulevard ; pendant que nous chantions aimons-nous les uns les autres, ils travaillaient, creusaient leurs tranchées, montaient leurs miradors et déroulaient leurs barbelés.

Je ne peux une fois de plus que m'en prendre à moi-même.

— Savez-vous pourquoi l'inspecteur en chef Lanquelart était dans mon bureau ?

— Non monsieur.

— Alors je vous pose la question : quelle raison pourrait expliquer sa présence dans mon bureau ?

— Je l'ignore tout à fait, monsieur.

Imagine-t-il que je vais lui donner moi-même la corde, l'arbre et le tabouret ?

— Je vous avais pourtant mise en garde, commandant.

— A quel sujet, monsieur ?

— Je vous avais très clairement fait part des limites auxquelles vous deviez vous tenir.

— Pourriez-vous préciser de quoi vous parlez ?

— Parfait. Je vois, à votre guise ; vous êtes libre de prendre la chose comme vous l'entendez. Je crois me souvenir d'avoir très clairement exigé que vous cessiez toute intrusion dans l'affaire du travesti, n'est-ce pas ; la mémoire vous revient-elle commandant ?

— Je me souviens en effet de vous l'avoir entendu dire.

— Entendu dire ?... Il se trouve, commandant, que vous n'avez pas respecté cet ordre.

— ...

— Et ça, c'est quoi !

Il vient de saisir une feuille sur son bureau et l'agite au bout de son bras, il a crié, ses lèvres sont très serrées, ses yeux et son front très étroits.

— Je l'ignore, monsieur.

Cette fois c'est son poing qui s'abat sur le plateau en verre.

— Vous l'ignorez ! N'êtes-vous pas allée à Cannes dans le but de poursuivre cette investigation ?!

Montclair ? Rose ? Claire ?

— Je suis allée à Cannes en effet monsieur, un simple aller-retour, une visite privée à une cousine que j'ai sur place et qui se trouvait en difficulté.

— Ça suffit ! Ceci, dit-il en agitant la feuille de plus belle, ceci est une note du commissaire Brangioli m'informant de vos investigations. Vous niez toujours ?!

Rose ?!

— Nier… Est-ce que ceci est un interrogatoire, monsieur ?

— Je vous conseille vivement de cesser ce jeu. A moins que vous ne teniez à avoir l'IGS sur le dos.

— Pardon, monsieur ?

— Vous avez parfaitement entendu.

— Vous me menacez d'une inspection de l'IGS ?

— C'est très clair, je crois !

— A quel titre ?

— Vous le savez parfaitement.

— Mais pas du tout.

Il pose la feuille, met ses deux mains très à plat sur le bureau, s'appuie de tout son poids sur elles.

— Très bien. Soit vous me dites là, maintenant, à quel jeu vous jouez, soit vous quittez sur-le-champ ce bureau et l'affaire suivra son cours.

— Vous parlez de l'IGS, monsieur ?

— Partouche, taisez-vous ! Vous dépassez les bornes ! C'est ce que vous cherchez ?!

— Pas du tout, monsieur.

— Vous avez cinq minutes pour me dire à quoi vous jouez ou vous quittez les lieux avec la certitude d'être convoquée à l'IGS pour faute grave.

Je sais que ce n'est pas avec les "bœufs carottes" que je pourrais m'entretenir du boulevard d'Ornano. Ma légendaire naïveté a ses limites.

— C'est tout ce que vous avez trouvé, monsieur ?

— Plaît-il ?

— Vous êtes en train de me menacer. Je comprends, dans votre position c'est assez logique. Vous savez ce que je sais et vous me menacez…

Tant qu'à être cuite, autant rester digne.

— Il fallait y réfléchir avant.

Et à part démissionner ? pour l'instant je ne vois pas. Le tout à cause de ce misérable trou du cul ? Epique et magnifique conclusion à vingt-cinq ans de carrière.

— J'ai un peu manqué de calcul, je le reconnais. C'est peut-être que j'ai moins à perdre que vous. Mettez-moi entre les pattes de l'IGS si ça vous amuse. Ça m'amusera sûrement moi aussi, c'est un jeu que je connais encore mal. Je présume que vous avez choisi avec soin quels y seront vos interlocuteurs ? Tout est déjà verrouillé ? Vous devriez en inviter un ou deux boulevard d'Ornano, l'endroit devrait leur plaire.

Il vient de se lever. Il est finalement assez petit.

— Sortez !!

Je ne réponds pas, je me lève, je marche sur la sombre moquette à fins carreaux bruns, j'ouvre la porte, je passe devant le bureau de Jessica, Jessica me regarde la bouche ouverte, "Ben ça a drôlement chauffé", dit-elle, est-ce qu'il la saute aussi ?

Je redescends l'escalier, je croise Pujol. En me voyant, il dit "C'est pas grave, je vous verrai plus tard", j'ai quatre-vingt-dix-huit ans et l'impression que je viens de perdre toutes les batailles en une seule.

J'entre dans mon bureau, mes yeux s'arrêtent sur le mur à la fenêtre. Je pense à Hans, au dîner chez Sohar, c'était il y a des années-lumière, j'en sais assez sur l'IGS pour avoir envie de vomir, l'IGS est le chien de garde des chiens de garde du chien de garde suprême, de vomir et rentrer chez moi, me coucher et déserter.

Je ne sais pas où me mettre, plus du tout ce que je dois faire. Je retraverse mon bureau, j'entre dans celui de Plantin, ses yeux se posent sur moi et ne me quittent plus.

— Qu'est-ce qui se passe ?

— Pucheu m'envoie l'IGS, il a dû avoir peur.

*

— D'accord, respire. Attends, je te ressers. Tu es une grande fille, tu savais que tu ne pouvais pas gagner. L'époque veut ça ; Pucheu le sait. Mais c'est toi-même qui l'as dit l'autre soir, la première méthode pour résister, c'est de faire correctement son travail, que si déjà chacun de nous faisait correctement son travail, la crise serait moins dure, tu te souviens ? Alors c'est ce que tu vas continuer à faire. De toute façon, tu serais trop mal si tu démissionnais. Ça me fait quoi, d'après toi, de voir Maurice vendre ses bouquins à trois mille exemplaires pendant que des cochonneries sont vendues à deux cent mille ou d'avoir quatre péquins dans la librairie quand j'organise une rencontre avec un auteur formidable ? C'est la même chose. Et ton fils, qui rame pour trouver un directeur de thèse, tu y penses ? De toute façon, qu'est-ce qu'ils vont te faire à l'IGS ? Sait-on jamais, un miracle est toujours possible… Ça y est, il ne fallait pas que je dise ça. Tu veux un Kleenex ? Que tu fumes ? Si tu veux. Mais j'ouvre un peu, d'accord ? Allez, tu as l'habitude des méchants, non, tu as un super entraînement, fais-toi confiance ; il tombera pas ton directeur, non, sans doute, mais il faut que tu restes, crois-moi. Et si vraiment il te rend la vie impossible, tu trouveras toujours à te caser quelque part. Dans une loge ? Allez, tu sais bien que tu ne tiendras pas trois jours, oui même juste pour les emmerder. Oui, on part toujours après-demain. Tu as juste à préparer une trousse de toilette et une culotte de rechange mais si tu ne veux rien emporter du tout, tu peux. Je m'occupe de tout, madame. Que quoi ? Tu t'es laissé embrasser par le type de Marseille ?! Et c'est maintenant que tu me dis ça, là, maintenant ? Tu ne voulais pas vraiment ? Arrête, Régine, pas à moi. Les poupées de Noël, quelles poupées de Noël ? Non, je ne comprends rien à ce que tu racontes. Heureusement que tu n'as pas cinquante ans tous les ans, je tiendrais pas le coup. Non tu ne sauras pas. Tu voulais bien une surprise, non ? Alors tu attends, je sais, ça ne fait pas partie de ton vocabulaire mais à ton âge tu devrais commencer quand même. Tu viens te coucher ? C'est vrai, vous avez coffré ce salopard ? Eh ben, tu vois... J'aime bien quand tu coffres les salopards. Je crois que c'est la seule chose que j'aime vraiment dans ton boulot. Ah non, je vois vraiment pas ce que tu aurais pu faire d'autre. Un cou d'oie farci ! Une Veuve Clicquot ?! Mazette. *Viva l'Alemania*... Tu viens ?

*

Sous les pavés, la plage. Saly au Sénégal. Vingt-six degrés dans l'eau, trente dans l'air. J'ai posé mon corps de cinquantenaire à la verticale exacte du soleil et j'ai fermé les yeux. Week-end de préparation à l'IGS. J'ai seize ans et je vous emmerde. De toute façon, j'avais fini mon travail correctement ; Adams n'avait pas résisté plus de quarante heures à son face-à-face avec Eichler, ses employées se verraient rendre justice, cette fois au moins. La mémoire d'Harmony-Hortense Majera était sauve, ma conscience à peu près tranquille. J'avais déchiré au dernier moment la lettre incendiaire de quatre feuillets que je destinais à Rose. J'avais peur que Rose ne finisse comme son baigneur. Mon rôle de cousine parfaite me convenait parfaitement ; il m'aidait à me prendre pour un type bien.

TABLE

OUVRAGE RÉALISÉ
PAR L'ATELIER GRAPHIQUE ACTES SUD
ACHEVÉ D'IMPRIMER
SUR ROTO-PAGE
EN JANVIER 2011
PAR L'IMPRIMERIE FLOCH
À MAYENNE
POUR LE COMPTE DES ÉDITIONS
ACTES SUD
LE MÉJAN
PLACE NINA-BERBEROVA
13200 ARLES

DÉPÔT LÉGAL
1re ÉDITION : FÉVRIER 2011
N° impr. : 78591

(Imprimé en France)